墨雪

墨《すみ》と雪《ゆき》2 下

かわい有《ゆ》美《み》子《こ》

ILLUSTRATION
円《えん》陣《じん》闇《やみ》丸《まる》

CONTENTS

墨と雪2 下

墨と雪2 下

一章

I

篠口雪巳《しのぐちゆきみ》が病院へと戻る一月三日の昼前、黒澤一誠《くろさわかずなり》は眠り込んでいる篠口をあえて起こさず、ベッドに横たわったまま、起きるのを待っていた。

朝の明るい陽射《ひざ》しの中、篠口のやや色素の薄い髪が枕の上に散っている。襟足の髪が少し伸び、痩《や》せたうなじにかかっている。まるでミルクと灰を溶かし込んだような、くすんだ白さのうなじだ。

以前も全体的に色味の薄い印象があったが、ソフトな物腰もあいまって、それなりに容姿に恵まれた雰囲気のいい男だった。うなじの頸椎《けいつい》がここまで尖《とが》って目立ち、肌に静脈が透けて見えるような弱々しい印象はなかった。

前髪は少し前から長さが目につくようになっていた。昨晩も篠口は、まっすぐに通った鼻梁《びりょう》の上に前髪が落ちるのをうるさそうにかき上げていた。身だしなみにはかなり気を遣う男なので、今の脆《もろ》く頼りない印象は本人にも不本意だろう。

立場上、長期にわたって監禁され、肉体や精神にダメージを受けた人間の写真や映像、データは人種や性別、年齢を問わずに幾件も見ているが、犯罪による拘束監禁が心身へ影響を及ぼした人間を直接目《ま》の当たりにしたのは、黒澤自身も初めてだった。

しかも、よりによって、内側に人一倍感受性が強くやわらかい部分を持つこの男だ。

昨日の晩は、まさにそんな篠口の内側にパックリと口を開いた闇を見た思いだった。

性犯罪の被害者が自らの価値を見失ってしまい、時に必要以上に自分自身を卑下してしまうこと、身体や心を粗略に扱うことによってしか自意識を保てなくなったり、自己破壊衝動に走ったりすることがあるとは知っていたが、篠口の自棄的な言動はまさにそれだろう。

そうして自分を投げやりに扱ったあと、さらにそんな自分に自己嫌悪を覚えてしまうという負のスパイラルだ。

むろん、篠口も知識は黒澤以上にあるだろうが、知識と自己の意識とは別物だ。そう容易《たやす》く自分の思考やメンタルをコントロールできるものなら、犯罪被害者は誰も苦しまない。

人間は時に恐ろしく強く残酷でもあるが、同時に脆く弱くもある。

篠口はもともと知性や察しのよさと共にそんな脆さを内包しているところがあったが、袴田《はかまだ》はそこまで篠口を深く知っていたのか。

篠口は普段の物腰は穏やかだが、時に冷めた物言いをすることもあるので、表面的にもわかりやすい知性や洗練された容姿しか見ていなかったかもしれない。

あるいは知っていて故意に内面を抉《えぐ》ったか…、黒澤がこみ上げる不快な憎しみに目を細めたところで、篠口が小さく身じろぎした。

何か寝言めいた声が、身動きと共にこぼれる。何を言ったのかとかすかに身を起こすと、篠口は黒澤の方へと寝返りを打った。

その動きか、さっきの言葉でなのか、目が覚めたようで、篠口は心許《こころもと》ないような表情でいくらか視線を動かした。

やがて黒澤と目が合うと、篠口は不思議そうに呟《つぶや》いた。

「…明るいですね」

やはり前髪は少し伸びている。

黒澤は小さく笑う。明るさに戸惑うのは、まだ黒澤の寝室には慣れないからだろう。

「晴れてるしな。この部屋は晴れた朝にはこれぐらいだ」

「この部屋、北向きでしょう？　病院よりも明るい…」

「マンションの前に高い建物がないからかな」

型板ガラスのはまった窓には、夜もレースのカーテンしか引いていないので、日の出と共に部屋は明るくなる。むしろ、寝室はそうあるべきだと思っている。

「今日も寝過ごしましたか？」

「九時前だな。正月休みなんだ、別にいい」

黒澤は篠口の前髪を指先ですくう。まだどこかぼんやりしたような、寝起きの篠口の視線が流れた。

「伸びたな」

篠口は小さく頷《うなず》く。だが、そこからは瞬《まばた》きが幾度か繰り返されただけで返事はなかった。

黒澤はリモコンへと腕を伸ばし、暖房を入れる。エアコンが暖気を吐き出すと、ひやりとしていた部屋がぼんやりと暖まってくる。

しばらく明るい天井を仰いでいた篠口が薄く笑った。

「よく晴れてますね、いつまでもゴロゴロしてるのがもったいないような気がする」

「お前、もともとそんなに怠惰なタイプでもないしな」

むしろ、マメだと起き上がった黒澤に続き、篠口も身を起こす。

「まだ寝ててもいいぞ」

「今日、午後には病院に戻らないといけないので…。寝るのは病院でもできますから」

篠口は小さく口角を上げた。昨日の不安定な表情を思うと、ずいぶんやわらかい笑みだった。

「シャワーをお借りしてもかまいませんか？」

「ああ、どうせならちゃんと風呂に浸《つ》かっとけ。シャワーだけだと冷える」

風呂が沸くまで、ネットのスロージャズをＢＧＭにオレンジジュースとコーヒーをいくらか時間をかけて飲む。

グラスを置く時、篠口がまた少しうるさそうに前髪をかき上げたのに、黒澤は目を留めた。

「それ、前髪だけでも切るか？」

篠口はすぐには言葉の意図を汲《く》みきれなかったのか、何度か瞬きするのに黒澤はつけ加える。

「いくらか切ってやろうか？　それとも、病院に戻る前にちゃんとした美容室か床屋に行くか？」

「ああ…、目にかかって気にはなるんですが、店に行くほどのことでもないかと…」

言いよどんだ先はわかる。まだ、店に出向いて他人にあれこれと触れられたり、何かをやりとりしたりする気分ではないのだろう。かといって、自分で切るほどの気力もなさそうだった。

「…お願いしても？」

篠口にしては素直な申し出に黒澤は頷き、はさみとフェイスタオルを手に戻る。

「揃《そろ》える程度になるぞ」

黒澤は座った篠口の後ろへまわりこむと、タオルをその前にかけてやり、前髪をすくった。

「俺に任せっぱなしにするなんて、勇気あるな」

さらりとした毛質の髪にははさみを入れる前に笑ってやると、おとなしく前髪をつままれるままになっている男は視線だけで黒澤の手の中の髪を追う。

「前髪パッツンになったらどうするんだ？」

からかいに応じたのは静かな声だった。

「セットしてしまえばそう目立ちませんし…、黒澤さんが器用なのは知ってます」

穏やかな声は今の精神状態によるものかと、黒澤は前髪にはさみを入れてゆく。

「退院したら、ちゃんとしたところへ行け」

やわらかな色味の髪が、落ちた毛を受けるために篠口が広げたタオルの上に舞う。

「こんなものでどうかな？」

顔に落ちかかった髪を払ってやり、黒澤は篠口の顔を覗《のぞ》き込む。前髪越しに目の合った篠口は小さく笑った。

「確かめてこいよ、パッツンにしてやった」

「怖いな。じゃあ、お風呂の時まで確認は取っておきます」

部屋がずいぶん明るいと、前髪の印象が軽くなった篠口は窓の外を眺める。

「こんなに天気がいいと、少し外を歩きたくなりますね。外は寒いのかな？　黒澤さん、初詣《はつもうで》はいいんですか？」

「別に験《げん》かつぐ人間じゃないからいい。お前が行くって言うなら、つきあうが」

「罰当たりだな」

言葉ほどには責める気もないような顔で、篠口は笑った。

海外暮らしの長い篠口の口から聞くと意外な印象の言葉だったが、篠口の実家はそれなりの旧家だ。子供時代は父同様大学教授だったという祖父と同居で、篠口のやや女性的にも聞こえる古風な名前はその祖父がつけたという。雪の日の巳《み》の刻、午前十時過ぎの生まれだったから雪巳になったと聞いた。いかにも育ちのよさそうな物腰は、そんな祖父のいる家庭で折目正しく躾《しつ》けられたせいもあるのだろう。

時々、イギリスで長く過ごした帰国子女のイメージとは異なる、旧家育ちらしい古典的な言いまわしをする。

「今日は珍しく、お腹《なか》も減りました」

朝方、起きてもさして食欲のあるようには見えなかった篠口が、外の明るさに引かれたのか、南側へと大きく開いた窓辺に寄りながら黒澤を振り返る。

確かにふらりと出かけたくなるような空の青さだった。高く澄んでいて、雲もほとんどない。

「散歩がてら、外に出てみるか？　どこか開いてれば入って食べてもいいし、何か買って帰ってきてもいい」

篠口は笑って頷いた。

「いいですね、少し歩きたい気分です」

ちょうど風呂の湯が沸いたという案内音声が流れる。

「外を歩くつもりなら、しっかり温まっておけ」

促すと、篠口は頷いて浴室へ向かった。


黒澤は玄関で靴を履く前に、首許にゆるくマフラーを巻きつけただけの篠口へと手を伸ばす。

「天気はいいが、喉は冷やすな。風邪をひく」

黙ってマフラーを巻き直す黒澤の手許を見ていた篠口は、おとなしく頷いた。

マンションのエントランスを出ると、穏やかな陽射しに温《ぬく》もりを感じる。

黒澤は篠口に尋ねる。

「どこか行ってみたいところや、何か食べたいものはあるか？」

「いえ、特には」

この好天なら、のんびり歩ければどこでもいいと、ブラウンのスエードの手袋をはめた篠口は青い空をどこか嬉《うれ》しげに目を細めて仰ぐ。

事件以来、外をゆっくり歩くのは初めてなせいか、冬特有の澄んだ空気や風を楽しんでいるように見えた。

「じゃあ、とりあえず、普段は歩かない方へ行ってみるか」

「いいですね」

おとなしく同意する男を伴い、黒澤は駅とは反対の方向へと歩き出した。

黒澤にとっても、通勤時に見る風景とは異なった道だ。家や店の前の正月飾りを眺めながら、体力の落ちてしまった篠口に合わせてゆっくり歩く。

よく晴れた穏やかな冬日で、道々、篠口は時折眩《まぶ》しそうに目を細め、青い空に切れ切れに浮いた雲を仰ぐ。軌道線の小さな駅を越え、込みいった住宅街の細い道を抜けてゆくのは、黒澤にとってもそれなりに新鮮で楽しい時間だった。

初詣客目当てらしきカフェが店を開けていたので、ショートパスタとサラダ、スープをテイクアウトし、さらにまたぶらぶらと歩いてゆく。
　四、五十分ぐらい歩いたところで、広めの公園の横に出た。子供らが数人ずつ固まって、バドミントンや凧《たこ》揚げ、自転車遊びなどに興じている。
「懐かしいな」

　興味を引かれたのか篠口が小さく呟くので、黒澤は篠口を促して公園内へと足を踏み入れた。篠口はふらりとブランコへ寄ってゆくと、鎖を握り、足を掛ける。

　しかし、握力や平衡感覚がまだ取り戻せていないせいか、その身体はぐらりと傾きかけた。

「おい、しっかりつかまれ」

　とっさに黒澤は篠口の手よりも上の鎖をつかみ、コート越しに揺らいだ背を支えた。

「ブランコって、こんなに小さいものでしたっけ？　記憶の中よりもずっと幅が狭いな、昔はもっと楽に乗れてたのに」

　体力が戻っていないことを悟ったのか、黒澤が鎖をつかんだためか、篠口はそれ以上無理に乗ろうとはせず、ブランコを降りた。

　そして、空いたベンチを振り返る。

「少し休憩しませんか？」

　そこそこの距離は歩いたので、ちょうどひと休みする頃合いかと、黒澤は篠口と肩を並べてベンチに腰かける。

しばらくの間、篠口はそのままの姿勢で、公園で遊ぶ子供の声や車の音などに耳を傾けていた。

やがて、篠口は口を開いた。

「…昨日はすみませんでした」

ずっとそれが言いたかったのかと、黒澤はなかなか素直ではない男に薄く笑みを洩《も》らす。

「別にいい。迷惑だとも思ってないし…」

言いかけ、黒澤はいや…、と呟く。

「生殺しは勘弁だな。あれはけっこう辛《つら》い」

黒澤の言い分に、篠口も小さく笑いを洩らしたあと、また少し黙り込み、黒澤へと顔を振り向けた。

「供述調書に応じてみようと思います」

黒澤はちらりと横目に篠口を見た。

篠口は意外と平静な顔をしている。

「そうか」

「あの男の思惑に支配されたくないんです」

思いもせず、篠口は続けた。

「袴田の狙いは、僕を完全に支配下に置くことだったと思います。行動面においても、思考面でも」

「まぁ、そうだろうな」

昨晩はずいぶん不安定だったが、篠口がそこまで思いきれるようになったのならいい。

黒澤は年明けすぐで、まだ半分眠っているような穏やかな街を眺めながら口を開く。

「色んな意味で、あいつはお前が欲しかったんだと思うよ」

黒澤の言葉に、篠口の頬《ほお》がピクリと痙攣《けいれん》したが、目を伏せ、溜息《ためいき》をひとつついただけだった。

黒澤とは別の意味で、袴田泰西《たいせい》は篠口を欲したのだと思う。

今はあの事件が篠口の日常を蝕《むしば》むほどに色濃く影を落としているし、これから先も完全にその影を払拭することはできないだろうが、篠口は本人が考えているよりも周囲にはよほど魅力的に映る。

今の所属である特殊犯捜査係で交渉役として育てられているということは、課内でもかなりのキーパーソンと目されているのだろう。

当たり前だ、と黒澤は思う。もともとは公安がその頭脳を欲しがって、適性を見るという名目をつけて引っ張ってきた人間だ。本人が望まなかったから、黒澤があの公安から特殊犯向きではないかと異動させた。

先日、黒澤が顔を合わせた谷崎《たにざき》とはかなり毛色が違うが、それはそれで篠口なりに話術や説得により、犯人から何らかの反応や譲歩を引き出せる、あるいは被害者側に沿った動きができると期待されているのはわかる。

だが、まだひとりの人間としては隙《すき》があるところを、袴田に目をつけられたのだろう。

警察の人間とて、組織以前にもともとはひとりの人間だ。家族や友人、恋人などについては、一般市民と同じ感覚を持つ。むしろ、基本的には同じ感覚を持っていなければならない。

公安や一部部署にはそれを非情に切り捨て、ドライに割りきることのできる人間もいるが、篠口はそうではない。だからこそ、公安《あそこ》から逃がしたのだ。

おそらく、頭が切れる上、過去にすでに何人も手にかけた経験もある袴田のようなサイコパスに目をつけられた時点で、篠口だけでなく、ほとんどの人間が逃げ切れないだろう。

それほどにストーカー問題は深刻だし、一度、ロックオンされた被害者側にしてみれば、普通以上にこじれた粘着質な犯人の興味対象から外れることが難しい。警察の警告や接近禁止命令をまともに受けとめる人間か、よけいにこじらせる人間かどちらかと言われれば、袴田は後者だ。

実際に篠口が袴田の反社会的な一面を目の当たりにしていれば、篠口も最大限の注意を払っただろうが、それでもあらゆる手段を用い、場合によっては何年も周到に時間をかけて、これと目をつけた獲物を手に入れようとするだろう袴田の気質を考えると、篠口には分《ぶ》が悪すぎる。

それこそ、過去の事件で袴田の尻尾を捕まえるまでしなければ、逃げ切るのは非常に難しかった。

かといって、数週間で完全に袴田を逮捕まで追い込めるような決定的な証拠が得られたわけでもなく…と、黒澤はこれまで得ていた手持ちのカード——袴田の関わった未解決事件の捜査情報などを頭の内でなぞる。

黒澤は警察内でもこの手の犯罪者を取り締まる部署には所属していないし、捜査部署に情報を提供するにしても、袴田を逮捕まで一気に持っていくことはまだできなかった。

そして、黒澤が考えていた以上だった、袴田の篠口に対する強い執着…。

正直なところ、黒澤もここまで一気に篠口に対する興味と干渉がエスカレートするとも思っていなかった。

それだけ、篠口が袴田のツボだったのだろうか。それとも、何人もの青年を手にかけてきただろう袴田にとっては、篠口に手を出すのもただのコレクション感覚であって、次の獲物に手を伸ばすのにさして躊躇《ちゅうちょ》もなかったのだろうか。

わからないな…、と黒澤は、最近都内では珍しくなった凧揚げに興じる少年らを見る。

黒澤が袴田と自分は違うと思っているだけで、根本的な人間の欲や恋慕とは思うほどにたいした違いはないのだろうか。

少なくとも黒澤は、篠口をどこかに閉じこめてしまいたいとは思わないが…。

篠口が自分で考え、人や状況に直面し、その時々で少しずつ影響を受けて変わってゆくのは面白《おもしろ》いし興味深い。思慮深く、感受性の豊かなこの男は、変化の様も通り一辺倒ではないからだ。端《はた》が考えるよりもはるかに大きなダメージとなった浅香《あさか》の事件を、篠口なりに消化するまでは、過度に干渉せずにその様子を見守っているつもりでもあった。

だからこそ、篠口が大学の哲学社会人講座を受けはじめた時、それはおそらく遠藤《えんどう》やその周囲、職場などからも少し離れ、別の何かを自分で探しはじめたのだと黙って見ていた。

最初は著名な哲学者袴田の授業に目新しさを感じ、触発されることを篠口本人も期待してのことだったと思われた。

袴田は文化人として知名度が高く、メディアでの信用も厚い。特に独特の深みのある声には圧倒的に女性ファンが多く、篠口の選んだ講座もあっという間にキャンセル待ちとなった。おそらく受講生には女性が多いだろうと容易に推測できたし、その中で篠口などはずいぶん女性受けするだろうことはわかっていた。

熱心な篠口狙いの女のひとり、二人は出てきそうだったが、それについてはあまり気に留めなかった。篠口はいかにも英国育ちらしい洗練された女性の扱いを身につけているが、基本的に女性に関心を持たない男だ。相手がのぼせ上がってまとわりつくような真似《まね》をすれば、篠口の方で一線を引くだろうし、黒澤の方でも気づく。

ただ、同じ受講生で篠口と意気投合する男、あるいは篠口を気に入る男がいないとも限らないので、軽く講座への探りは入れた。

しかし、少し調べると、受講生よりも当の袴田本人が、授業内で討論型のスタイルをよく取ること、気に入った学生には目をかけ、自分のマンションや別荘などにも親しく出入りさせること、そして、過去にそんな学生らの中で何人かが失踪していることが知れた。

袴田が教鞭《きょうべん》を執っているのは、所属学生だけで四万名近くを抱える有名マンモス大学だ。いつのまにか連絡の取れなくなる学生、周囲に何も知らせないまま退学する学生というのもそれなりにいて、いちいちニュースにはならない。

ただし、時系列で袴田ひとりを深く追えば、それなりにきな臭い男であることは知れた。

過去にゼミの所属学生の失踪に関し、袴田本人に話を聞いた事件がいくつかあった。それぞれ管轄の署や時期が違うので、まだ情報は一本化されていなかったが、公安側にはすべての案件がデータとして累積されている。

その失踪した学生らの写真や情報を並べてみると、皆どことなく篠口に通じる特徴を少しずつ持っている。それだけはデータに目を通した際に、すぐにピンときた。

そんな事案を統合すると、袴田という男は世間に知れた魅力的で博識な哲学者という顔とは別に、恐ろしく反社会的な一面を持つのではないかと推察できた。

あと一件、何か決定的な事件が起きれば、刑事部も袴田の本性まで行き着くだろう、そんな不穏な男だった。

そして、それが黒澤の危惧《きぐ》した通りに起こり、被害者が篠口となってしまったことについては言葉にはしがたい憤りを覚える。

また同時に、黒澤の警告を深く気に留めていなかった篠口にさらに重ねて警告する時間がなかったこと、想定以上に袴田の動きが周到で速かったことは今も悔やまれる。

「袴田は父の教え子らしいです」

ぽつりとした篠口の呟きに、黒澤は篠口の方へと身体を振り向ける。

「何だと？」

「僕の実家に来たことがあると言ってました。十一、二の頃《ころ》の僕に会ったことがあると…。すぐにわかったとも」

　黒澤は口許を覆った。

　一瞬、袴田の小児性愛者《ペドフィリア》気質を疑ったが、被害男性らの年齢を考えると違う。だが、袴田の動きが黒澤の予想よりもはるかに速かったことには説明がつく。

　もとより、袴田が子供の頃の篠口自身を知っていたのだ。袴田の中で篠口に対しての心理的距離が近く、興味を持つのも早かったのだとわかる。

　また袴田が、それをあえて最初に篠口に打ち明けていないところを見ると、すでにその時点で袴田の中では篠口に対して何らかの含みがあったのだろう。

「お前のお父さんの教えてた大学と、袴田の出身大学は一緒じゃなかったよな？」

　篠口は首を横に振る。

「違います。袴田が編入したのか、父が別の大学でも教えてたのかは知りませんが…、僕もまだ子供だったのであまり詳しくは覚えてなくて」

　内心、舌打ちしたい思いで黒澤は握った拳《こぶし》を見る。

　データ上でそのあたりを詳しく取れていたら、黒澤ももっと前に袴田と篠口との接点に気づいていたはずだ。

　黒澤も篠口もまだ子供だった頃のアナログな時代のことで、デジタル化されていない情報だからこそ、黒澤も辿《たど》り着けなかった。個人情報に対する認識も今よりはるかに甘かった時代だ。何より、今も大学にその頃のデータが残っているかすらわからない。

どちらにせよ、それを今追ったところで手遅れだ。

ただ、袴田の方でこちらの想像以上に篠口に関する情報を持っていたのは確かだ。

仮に今回の事件で袴田が実刑に服したとしても、刑期を終えたあと、篠口に再接触する可能性もある。今の袴田は五十七歳、袴田の周囲の失踪者への関与が刑に加味されるとしても、出てきた際、まだ篠口に危害を及ぼすことのできる年齢ではある。

むろん、二度と篠口に手を出させるつもりはないが…。

今、何を思うのか、篠口は青くよく澄んだ冬の空を眺めながら、昼下がりの穏やかな公園の気配に耳を傾けているようだった。


黒澤のマンションに戻り、パスタとサラダ、スープをシェアして食べたあと、荷造りして病院に戻るためのタクシーを呼んだ。

「…コーヒー、買いにいけばよかったな」

病院に戻る車の中で、篠口がぽつりと呟く。

思いもせず、欲が出てきたらしい。とうとう最後まで自分から何か買いに出たいと言わなかった篠口が、何かを欲しはじめたこと自体が好ましい。

「今から行けばいいじゃないか」

黒澤は、すみません、とタクシー運転手に声をかける。

「ここらだと、タオカでいいのか？」

一番近くにある自家焙煎《ばいせん》の店の名を挙げると、窓の外へと目を向けた篠口がそうですね、と頷く。

「タオカコーヒーってわかりますかね？　病院に行く前に少し寄りたいんですが」

「ああ、あの人気のあるところですね」

運転手は了解し、店の前へと車を着けてくれる。

先に立ってタクシーを降りると、促すまでもなく篠口は自ら一緒に降りてくる。

店のドアを開いてやると、黙って黒澤を見上げてくるのでそのまま先に店に入る。

感覚的に黒澤と一緒だと安全なのだとは信じているが、そこから自分が先に立って、前へと足を踏み出すほどの気力はないようだった。

「テイクアウトでいいのか？」

「そうですね」

人気のコーヒーショップはそこそこ人が入っており、レジの前でも数人がオーダー待ちをしていた。

人の気配を避けるように少し黒澤の方へと身を寄せながら、篠口は商品がディスプレイされている棚へと目を向けた。

「…あと、ドリップパックのコーヒーがあるなら…」

病院内でもコーヒーが飲みたいというのなら、それもいい。この間までは自分で買いにいく気力すらなかった。

「マグカップ、買っておくか？」

最近発売になったばかりらしい、新商品と控えめな案内のついたコーナーからドリップパックを手に取った篠口が、ショップのロゴが小さく入ったシックな色味のカップに目を留めたのに声をかける。

病院の売店で間に合わせに買いそろえられたプラスチックのマグカップが、あまり気に入っていないらしきことは知っていた。

「黒澤さんなら？」

グレーとモカブラウンの二色のどちらを選ぶか尋ねられたらしい。

「俺か？　グレーかブラウンかなら、グレーかな」

「僕もそっちですね」

篠口は頷く。

どうやら黒澤の分も一緒に篠口が買うと言っているらしい。ホテルの礼か何かのつもりかもしれないが、篠口にしては比較的好感触な反応だ。

「ドリップパック買っていくなら、ついでにドリップポットも提げていくか？」

黒澤は棚に並べて置かれた小ぶりなドリップポットを指差した。容量的に二人分くらいまでのものだろう。

病院の給湯室でドリップパックのコーヒーを淹《い》れるのは、なかなかに味気ないし、湯加減の調節も難しい。篠口が微妙に眉を寄せながら、ストレスを溜《た》めるのが目に浮かぶようだ。

「人間の欲はきりがないものですね」

その軽口にはどれほどの意味があるのか、一応、ドリップケトルならうちにもあるんですけど…、と篠口は苦笑する。

普段はコーヒー自体をとても丁寧に、優雅な仕種《しぐさ》で淹れてみせる男だ。無駄になるとしても、今はセットで欲しいと思っていることは間違いない。

「まぁ、いいだろ？　入院中の心のオアシス程度に思っておけ」

「じゃあ、ドリップポットは退院後は黒澤さんにお譲りしますよ」

篠口はちらりと魅力的な笑みで見上げてくる。事件の吊《つ》り橋効果やこれまでの庇護《ひご》効果に近いのだろうが、その笑みの近さで普段より心を許していることは知れた。

それがいつまで有効なのかはまだわからないが、悪い気分ではない。

黒澤は店内でも人の気配を避けるように自分のかたわらに立つ篠口を、注文カウンターへとエスコートした。

ナースステーションに外泊許可書を渡して戻りを告げると、部屋まで同行した看護師が室内のチェックをすませて出てゆく。

「今晩から、またここか」

キャリーバッグを引いて病室に入った黒澤は、篠口の荷物をソファーベッドの上にいったん置きながら笑う。

夜毎《よごと》に看護師が見まわる病室の環境に慣れてはきていたし、もともとそう寝具や寝場所にこだわりはないが、高級ホテルや自室でののんびりした夜を終えて、今晩から再びこの微妙に丈の足りないソファーベッドかと思うと気分は弾まない。

「これ、使われますか？　身体が楽ですよ」

篠口はいったん持ち帰っていた、遠藤にもらったというビーズクッションを黒澤に差し出してくる。

黒澤は冗談じゃないと、肩をすくめた。

「それ、遠藤にもらったものだろう？　勘弁しろよ」

使い心地のいいことは知っているし、サイズ的にもしっくりくる。あの男が選んだにしては気の利いた贈り物だとは思うが、篠口から愛用品のように渡されるのはあまり気分的によろしくない。それとも、穴が開くほどクタクタになるまで使い倒してやった方がいいのだろうか。

鼻で笑った黒澤をどう思ったのか、篠口は珍しく棘《とげ》のない笑みを見せた。

「じゃあ、これと似たようなビーズクッション、今度、外に出られたら贈りますよ。悪くないですよ、寝ながら本を読む時にも楽だし」

「そうだな、それにリネンのカバーかけてくれ」

むっちりしたビーズクッションのカバーは悪くないが、どこか人工的だ。それにさらりとした風合いのリネンのカバーがかかっているだけで格段に雰囲気はよくなるし、何より篠口が好みそうだ。

「ああ、リネンのカバー…、悪くないですね。探してみます」

暇だから…、と篠口はネットででも見つくろうつもりらしく、家から提げてきたノートパソコンをオーバーテーブルの上に置く。

篠口が自分の部屋で荷物の中にノートパソコンを入れるのを見た時、やや前向きになったのかと思ったが、ホテルや黒澤の部屋では出す気配もなかった。

それをあらためて取り出したのなら、調書に応じるという姿勢も含めて、いい傾向だろう。

「生成りもいいですけど、黒澤さんだと紺色とかがいいかもしれませんね」

趣味はいい男だ、任せておいた方がいいだろう。

外泊前とは少し表情の変わった篠口は、まずはコーヒーだと、途中買ってきたコーヒーショップの紙袋を取り出した。

Ⅱ

夕食後、食器を配膳車まで戻しにいった篠口は、エレベーターから生方《うぶかた》が出てくるのに行き会った。

「係長」

声をかけると、おう、と生方は破顔する。

「ずいぶん顔色がよくなったな。正月休みがよかったか？　リハビリも進んでるらしいな」

「そうですね、年末はサボっていたので、まだまだ体力は落ちてますが」

お疲れ様です、ありがとうございます、と篠口は正月明け早々に病院に顔を出してくれた上司に礼を言う。

おそらく、ずいぶん心配をかけていたのだろう。安定したよく響くバスに安堵《あんど》する。

「部屋でコーヒーでもいかがですか？」

「何だ、気を遣わなくていいぞ」

「いいえ、美味《おい》しいコーヒーを買ってきたので飲んでいただきたくて」

篠口が部屋へと促すと、生方は笑って頷く。

結局は黒澤が買ってくれたドリップポットで丁寧にコーヒーを淹れると、生方は軽く手を上げて感謝を示し、カップを受け取った。

「いい香りだ。俺はそんなに舌の肥えた方じゃないが、こうして丁寧に淹れてもらったコーヒーは美《う》味《ま》いもんだね」

篠口が勧めた椅子《いす》に腰を下ろし、生方は嬉しそうにコーヒーに口をつけた。

ようやくリハビリ室まで行けるようになった篠口から、日常生活に戻れるだけの体力をつけるための今のリハビリ内容がどんなものか説明を聞いたあと、生方は提げてきていた書類鞄《かばん》の中からファイルを取り出す。

「谷崎や関口《せきぐち》から、お前がいない間の出動事件について知らせてやってくれって言われてな。どうだ、目を通すか？」

谷崎や関口といった、言動はぶっきらぼうなようでいて、その実、驚くほど細やかに気遣ってくれる先輩同僚が気をまわしてくれたらしい。

ひと月半ほど職場を離れている篠口に、疎外感を抱かせないための配慮だろう。

同時に、今も篠口は特殊犯捜査の人間なのだと、まだちゃんと戻れる場所があるのだと知らせるための、同僚からのアプローチだともわかる。

「かまいませんか？」

「ああ、置いて帰るわけにはいかないから、今、ここで目を通してくれると助かる。年末は二度の出動があった」

大きな事件ではないし、二件ともすぐに解決しているからこそ見せられるのだろうが、同僚からのありがたい厚意はわかる。

「ありがとうございます」

ファイル内容に目を通した篠口は生方に頭を下げる。

「…僕は、…まだ、戻れますか？」

　尋ねると、生方は穏やかな笑みを見せた。

「俺達はずっと待ってるがな」

　篠口は頷き、ファイルを返す。

「供述調書に応じてみたいと思ってます」

　生方は頷く。

　そして、すでに用意していたように尋ねた。

「担当は谷崎でいいか？」

「はい」

　応えて篠口はつけ加えた。

「ご迷惑でなければ…」

「迷惑なわけあるか。そんなことに気を遣うな」

「…長く休んで、他の皆にも迷惑をかけてしまいました」

「うちにお前を迷惑だと思う奴《やつ》はいるか？」

「…いえ」

　それはいないと思う。普段、親しいとは言いがたい宮津《みやづ》や、遠藤を挟んで微妙な関係である神宮寺《じんぐうじ》ですら、そういう考え方だけは絶対にしないと思う。それについては、誰も疑ったことはない。

　そう思うと、今の部署はありがたい同僚達に恵まれている。

戻りづらいと思うのは、今回の事件が同僚達にどう思われているだろうとつい考えてしまい、勝手に構えてしまう篠口自身の問題だった。

「谷崎や関口は、特殊犯《うち》にはお前みたいな繊細に人の心の機微を読む奴がいないと困ると言ってる」

リップサービスだとしても、そういう風に言ってもらえるのは嬉しい。

「皆、優秀ですよ。ＳＡＴ上がりのメンバーも、宮津君もやさしいですし、義理堅い」

「まぁ、そうさ。気のいい連中だ。うちは恵まれてる」

生方は目許をやわらげる。

「だが、その中でもとりわけ繊細で、人を観察するのに長《た》けてるのがお前だ。それについては谷崎が太鼓判を押してる。あの去年の夏の、母親による女の子の連れ去り狂言な、覚えてるだろ？」

覚えている。ずいぶんな夏日だった。ショッピングモールで母親が、娘が若い女に連れ去られたと言って大騒ぎになった事件だ。

「母親の嘘《うそ》を一番初めに見抜いたお前に、谷崎が『震えがくる』って喜んでな」

いかにも谷崎らしい言い方だと、篠口は苦笑する。

「それは…、褒め言葉なんでしょうか？」

「そいつはお前が一番よくわかってるだろ？」

わかる。日本での誘拐や人質捜査の第一線を張り、篠口に一から現場での交渉の基本を教えてくれ、普段も何くれとなく目をかけてくれている谷崎の言葉だ。

「年末の外泊を黒澤理事官が見てくださるとのことで、ずっと気になっていたんだが、今日は思っていた以上に顔色もよくて安心した。少し息抜きできたか？」

「そうですね、贅沢《ぜいたく》な正月でした」

よもやホテルのプールに浮かんで、エステマッサージを受けるとは思っていなかったと篠口は苦笑する。

「そうか、ならよかった。まぁ、まずは退院だな」

「一度、先生に聞いてみます」

「そうだな、こちらはいつでも待っているから、先生の方で話があるなら連絡をもらえるように伝えておいてくれ」

「了解です」

生方は最後にグローブのような大きな手でポンと篠口の肩を叩《たた》くと、帰っていった。

Ⅲ

生方が見舞いに訪れた日の翌日、篠口が午後の診察前に本を読んでいると、朝、登庁していったはずの黒澤が部屋に入ってくる。

「どうしました？」

こんな昼中から戻ってくるのはどういったわけかと尋ねると、濃紺のコートをまとった男はひょいと肩をすくめる。

「三時半から診察だろう？　同席するように言われてる」

「…そうなんですか？」

「病院側に退院について尋ねただろう？　職場復帰と」

「はい」

看護師に聞いてみて、先生に伝えておくとは言われていたが、よもや黒澤もセットでの受診だとは思っていなかった。

しかし、黒澤でなければ生方あたりが呼ばれたのではないかと思うので、これは両親に事件の詳細を伝えたくないという篠口の意向をそれなりに汲んでの処置ではあるらしい。

「すみません、よろしくお願いします」

一応頭を下げておくと、黒澤はコートを脱ぎながら片頬で笑う。

「えらくしおらしいな」

多忙なので、仕事を抜けるには黒澤なりの段取りを踏んではいるはずだ。

「忙しいんじゃないかと思って」

仕事中に抜けてきただけあって、黒っぽいスーツを身につけた男にはまだ独特の剣呑《けんのん》な気配がある。

黒澤は普段、これを巧みに笑みや眼差《まなざ》しで、親しみやすくも、近寄りがたくにも変えてみせるが、日中は基本的にはこのように人を呑《の》むような佇《たたず》まいをまとっている。

篠口の返事をどう思ったのか、黒澤はふっと目許をやわらげた。

「こっちも承知で来てるんだ、気にするな」

はい、と頷き、篠口は黒澤と共に医師のもとへと向かった。

「お入りください」

どうぞ、と担当医師は篠口と黒澤の二人に会釈する。

「いかがでしたか、お正月。外泊されて、のんびりできましたか？　リハビリでも順調に体力を戻してるとのことですが」

「おかげさまで」

篠口は頷く。

「そうですか、家の方がリラックスできたみたいですね。夜は眠れましたか？　正月でしたが、生活リズムが狂ったりはしてませんか？」

「まぁ、朝は遅かったですが、そこまで不摂生ではなかったように思います」

「うん、じゃあ、落ち着いてきてるかな？　退院を希望とのことで、今回、同僚の方にも一緒に来ていただきましたが…、そうですねぇ…」

医師はしばらく篠口のカルテが表示されたモニターを眺めた。

「今はひとり暮らしをされているということですが、これがやはり気にかかってるんですよ。先日の外泊の時にも、念のため、一緒に過ごしていただいたわけですが、同様に退院される場合もひとりの状況が少し心配かな」

「もう落ち着いてきたつもりですし、僕もいい歳《とし》ですから、それなりに折り合いをつけられると思うんですが…」

　篠口は控えめに言ってみたが、医師はうーん…、と唸《うな》る。

「表面上は大丈夫そうに見えても、時々、揺らぎがくるんですよ。こう、ふとしたきっかけ、あるいはそのきっかけさえないこともある…、疲れた時、気が抜けた時なんかに恐怖が蘇ったり、ガクンと落ち込んだりする。これは誰でもそうです」

　まさにフラッシュバックを起こしたばかりの篠口は、医師の言う精神状態は理解できるし、実際に研修でも学んできている。

「気をつけるつもりです」

「あまり急がれるよりも、しばらくは病院《ここ》から通いながら少しずつ調子を整えてゆくのはいかがですか？」

　あまり聞いたことのない形だが、そういうやり方もあるらしい。ただ、自由のない入院生活はやはり疲れる。

「先生…」

　黙って聞いていて、ふいに横から口を挟んだのは黒澤だった。

「篠口は比較的繊細な人間なので、入院生活もそれなりにストレスになってるんだと思います」

「まぁ、それは確かに制約も多いですから、ストレスに感じる方も多いでしょうね」

「どっちにしろ、今は僕が部屋で付き添いという形でついてますし、この間の外泊時も僕が一緒でした。ただ、外泊で部屋に戻っていた時の方が本人も楽そうでしたし、実際、その前後では外泊を終えたあとの方が調子はよさそうだなと個人的には考えています」

黒澤の穏やかで落ち着いた声に、医師はふんふんと頷いている。

「僕も病院か、自分の部屋かでしたら、自分の部屋の方が断然楽に寝られますし、それでいいのでしたら、先生の許可が出るまでのしばらくの間は僕の方で面倒を見ますけれども」

「それで障りはないですか？」

「まぁ、職場も一緒ですし、親しくもしてますから大丈夫ですよ。もともとうちの職場は独身時代は寮制ですからね」

ぬけぬけと誠実そうな表情で言ってのける男に、篠口は横から口を挟まずに黙っておく。

おそらく、黒澤はキャリアなので独身寮ではなく、最初から警察庁宿舎に入っている。結婚後は今のマンションだ。一度も篠口のいたような独身寮には入っていない。

警備対象者の予定に合わせて動くために庁まで最寄りの寮がいいとはいえ、普通のノンキャリアと一緒に独身寮に入っている後輩のキャリア、峯神《みねがみ》瑛士《えいじ》のようなケースの方がレアだし、峯神自身は公安にいた峯神の兄との確執もあって、キャリア組としてはかなり優先枠から外れていたと聞いた。

それに峯神は峯神なりに、寮内では他の人間に角《かど》を立てぬよう気遣って動いていたように思う。普通、キャリアという生き物はどこの庁でもふんぞり返っている。

それにしても、黒澤が篠口の部屋へ泊まり込むか、篠口が黒澤の部屋へしばらく置いてもらうことが退院の前提となっているが、今はここで黒澤が医師を説得しきってくれた方が、篠口も楽なことは確かだった。

医師も立場的に、篠口の日常を管理する人間が責任を担保してくれた方がいいに決まっている。

「じゃあ、しばらくそういう形でお願いして職場への復帰も様子を見てみますか？」

承諾書が必要になりますが…、と医師は黒澤の方へと顔を向ける。

「もちろん、それは大丈夫です」

にこやかに請け負う男の顔を横目に見る。

どこまで引き受けるつもりだというのだろう。

だが、病院での単調でプライバシーのない生活を考えると、しばらくは黒澤にやっかいになった方がはるかに楽だ。

また、いったんは黒澤のところに行っても、折を見て自分の部屋に戻るという方法もある。今、ここで絶対に自分ひとりで過ごせると我を張るよりも、その方が退院許可も下りやすいだろう。

「職場に戻られるのなら、週明けがいいですかね？　となると、土曜に退院していただいて…」

おそらく黒澤が篠口を引き受けるという条件をさっさと呑んだせいだろう、医師からは比較的すんなりと退院の許可が出た。

失礼します、と診察室を出て、篠口は小さくほっと息を吐く。

入院生活には疲れている上に、一度外泊をしてしまうと里心ではないが、黒澤がずっと一緒だったとはいえ、少しでも自由でいられる空間へ戻りたいと強く願うようになってしまう。

それとも、黒澤が一緒だったからこそ、自分は束《つか》の間《ま》の自由を満喫できたのだろうか。

ある意味、このしたたかなまでに強い男が一緒だと、どこにいるよりも安心していられる。不安を感じずにいられるのは確かだ。

この男は、恐怖から篠口を遠ざける方法、救い出す方法をよく知っている。

「ありがとうございます、忙しいのに…」

土曜には再度ここを出られるのだと思うと、かなり辟易《へきえき》していた入院生活に対してもいくらか気楽に構えられる。

現金なもので、職場に出るなら、もう少し体力もつけておかないと…と、以前はさほどなかったリハビリへの意欲もわいてくる。

「戻りたいんだろ、仕事に」

「はい」

「なら、いい」

こういう男で助かる。振り回されていると思うこともあるが、弱っている時にはとんと背中を押してくれるから楽だ。

なぁ、と横から男が顔を覗き込んでくる。

「下心があるから来てるんだ、油断するな」

コートを片手に引っかけた男は、ニッと笑う。

「病院の退院と職場復帰の条件は、俺の監視付きでお前の部屋に戻るか、俺の部屋に来るかだ。この状況で、俺から簡単に逃げられると思うなよ」

篠口はしばらく考えた後、答える。

「でも、多分、黒澤さんなら望めば僕を逃がすでしょう？　追いかけようと思えば、いくらでも追いかけられる人だから」

病棟へ渡る明るい廊下を曲がりながら、篠口はかたわらの男を見上げた。

優秀なトップクラスのハンターで、これと決めた相手を確実に周到に追う。公安ではそうして黒澤が泳がせた相手が、結局、黒澤の意のままに動くのを幾度か見た。

そして、それを恐ろしいと思った。

黒澤は楽しげに目を細める。

――相手の信用に信用で応えなきゃって思うのは、基本的には善人なんだよ。

ふいにかつての友人の言葉が蘇った。篠口の中で、圧倒的に明るい光を放っていた友人だ。失ってしまった今も、その言葉は眩しく思える。

――だから、信用を重んじる篠口も悪い人間じゃないよ。

浅香の死と共にそんな光も見失ったように思っていたが、まだあの光が残した煌《きら》めきは自分の胸の内に残っているのだとわかる。

「お前、能天気だな、俺はもうそんなに待たないよ」

黒澤は艶然とすら見える顔で笑うと、篠口の背を押した。

Ⅳ

自分のマンションの階段を下りた篠口は、冬の朝特有の透明感のある空を見上げる。

冷え込みの厳しい朝で、まだ吐いた息は白く曇る。首筋を刺すような冷気に、篠口は思わず首許に巻いたマフラーをかき寄せた。

痩せたせいか、シャツの首許や手首が思っていた以上に余る。久しぶりに腕を通したスーツも、身体には少し重い。

「行くぞ。キツかったらタクシー拾うから、言え」

寒さの中でも平然と立っている黒澤が振り返る。

「大丈夫です、多分」

電車に乗るのは、事件以来初めてだ。それまでは当たり前のように乗っていたラッシュの電車だが、あらためて乗るとなるとやはりかなりの体力を要する。できれば、黒澤がつきあってくれるという今朝から慣れておきたかった。

「なぁ、もし今の部署が…」

駅へ向かう途中、ふと黒澤が口を開いた。

「居続けるのが辛いとかなら、他へ移るのもありだぞ」

今、このタイミングで背中を押すばかりでなく、逃げ方も示唆しておいてくれるのは、この男の懐の広さだ。

「はい」

逃げられるのなら逃げていいという、この男の言葉がすんなり納得できたから、今は歩き出すことができるのだと、篠口は頷いた。

地下鉄の駅を上がり、警察庁へと向かう黒澤とは建物の前で別れた。

エレベーターを下り、篠口は特殊犯捜査係の部屋の前で足を止める。

色々考えてはいたが、やはりどういう顔をして入ればいいのかと迷う。

勇気がいるな…、と篠口は片手を握りしめた。

「おい！　何やってる、入れ、入れ！」

大きな声と共にぐいと背中を押され、篠口は驚いて振り返る。

「よく来たなぁ。もう、お前がいないと若いのは脳筋野郎ばっかりでな！」

篠口を部屋に押し込んでくれたのは、大柄で自身も機動隊上がりの突入部隊である屋島《やしま》と、気遣いのうまい関口とだった。

屋島と関口の大声に入り口を振り返った宮津と神宮寺は、一瞬驚いたような顔となったが、すぐに姿勢を正し、篠口に一礼をよこして見せた。私服時に取る、警察官の敬礼だ。

「お帰りなさい」

普段、どら猫のようなふてぶてしい表情を見せる宮津が、頭を上げると向こうから声をかけてくる。

「…長い間休んで、申し訳なかったです」

篠口が礼を返すと、机から慌てて立ち上がった遠藤や田所《たどころ》も、宮津や神宮寺に倣《なら》い、背筋を正して腰を折った。

「篠口さん、お帰りなさい」

遠藤が嬉しそうな笑顔を見せるのに、篠口も小さく笑みを返す。

「何だ、デカいのがえらくつかえてやがるな」

横着な声が背後で上がった。

ぐいと後ろから屋島を押した男が、篠口と目が合うなり短く声を上げる。

「…篠口っ！」

「谷崎さん、長く休んで…」

言いかけたところを、小柄な中年男にいきなりギュッと下から強く抱きしめられる。

「おっ前、よく帰ってきた…っ」

谷崎は言いかけ、声を詰める。

自分をギュウギュウと抱きしめた谷崎が小さくしゃくりあげ、やがてこらえきれなくなったようにワンワンと声を上げて泣きはじめ、篠口は驚いた。

「…谷崎さん？」

「おっ前なぁ…、本当によく…、えら…かっ…」

嗚咽《おえつ》に紛れてそのほとんどが聞こえないほど、男は男泣きに泣く。

篠口は困惑しながらも、自分よりも背の低いベテラン捜査員の肩を抱いた。

「ありがとうございます、戻りました」

うんうん、と何度も頷き、口は悪くとも涙もろい男は、篠口の背中を何度も叩いてくれる。

想像もしていなかった事件への同僚の嘆きと涙、同情と愛情とは、今は思いもせず胸に沁《し》みた。

同性に拉致され、凌辱《りょうじょく》された男だと見られるのでは…と、ずっとピリピリと覚悟していた構えが、自分の中でもほっと溶けてゆく。

「ご心配をおかけしました」

「心配だっ、この野郎…っ」

昔なら疎ましく思ったかもしれない、この無骨で暑苦しいほどの愛情が嬉しくて、篠口ははいと頷く。

「谷さん、篠口が困ってるよ」

重く響く声と共に、厚みのある大きな手がポンと篠口の背を叩く。生方だった。

「係長」

篠口は面倒見のいい上司に会釈した。

「よく戻った」

「すみませんでした」

生方は嬉しげに首を横に振りながら篠口の背を押し、席へと促してくれる。

「篠口さん、今日は寒かったでしょう？　寮なんて、窓際のサッシが結露してたんですよ、あれ、夜中は凍ってたんじゃないかなって」

机に着くと、遠藤が賑《にぎ》やかに声をかけてくる。

こんなに温かな職場だったろうかと、自分を迎え入れてくれるメンバーに感謝しながら久しぶりに机の鍵を開ける篠口の横に、誰かが立った。

顔を上げると、普段は口数も接触も少ない平《たいら》が立っている。

オリンピックで銀メダルを取るほどの狙撃の腕を持つＳＡＴ上がりの部員だが、やや歳が離れているせいか、賑やかで若い遠藤らとは少し雰囲気が違って寡黙だ。

「お帰りなさい、戻っていただけて嬉しいです」

平は手を差し伸べてきた。

「腕のいい狙撃手の戻りを待ってたんです」

職場復帰に対する歓迎の意を示すため、わざわざ握手を求めにきてくれたらしい。

篠口は感謝をこめて、その手を握った。

「戻りました。ブランクがあるから訓練に励まないといけないけど…、これからもよろしくお願いします」

こちらこそ、と男は握手のあと、小さな会釈と共に席へと戻っていった。

自分が考えているよりもはるかに温かな歓迎に、篠口は緊張に強張《こわば》りかけていた表情をほっと解いた。


夕方、業務が終わろうかという頃、そろそろ帰るかと黒澤からメールが入った。どうも篠口に合わせ、仕事の都合をつけたらしい。

多忙だろうにどうやって切り上げたのかと思いながら、篠口はおとなしく指示に従った。

待ち合わせ場所で、黒澤はすでに白い紙袋を提げていた。

紙袋に入った店の名前とロゴは、上品でシンプルなデザインだが中華料理店のものに見える。

「中華ですか？」

「たまにはいいだろ？　油を使わずに中華スープで炒《いた》めてるところだ。美味いが、胃にやさしい」

戻ったのは、篠口の部屋だった。手を洗ってネクタイを抜いた黒澤は、紙袋の中身をダイニングのテーブルに置いてゆく。

前菜が四種類入った容器、蒸し鶏《どり》、牛肉と野菜の炒め物、スープ、中華粥《がゆ》と料理ごとに別々の容器に入れられたものだ。この包装への配慮や容器の上品なデザインを見るに、それなりに値の張る店だろう。

「美味しそうですね、どの料理も手が込んでる」

「悪くないぞ、こういう上品な中華も。スープは冬瓜《とうがん》と鶏らしい」

レンジで温めた料理は、どれも味が濃いわけではないのにしっかり旨味《うまみ》があって美味しい。

「いいですね、これ。美味しいな。どこの店ですか？」

「代々木《よよぎ》だな。駅から近いんだが、少し奥まったところだから入りやすい。またゆっくり行くか？店の雰囲気も悪くない」

公安の男が接待でもあるまいし、誰と行ったのかと篠口は箸《はし》を止めて男を見る。

黒澤の周囲の人間関係は、知りたいようで恐ろしくもある。

微妙な篠口の思いは十分に察しただろうに、黒澤は平然と篠口を見つめ返してくる。そして、同じように箸を止めた。

「なぁ、別にこのままずっと、お前の部屋でもいいんだが…」

「はい」

黒澤は握った箸先に一度視線を落としたあと、再度顔を上げると姿勢を直し、その箸を置いた。

「しばらく俺の部屋に移ってきたらどうだ？」

「…黒澤さんのですか？」

篠口は思いもしなかった提案に驚く。

「お前の部屋はインテリアも凝ってるし、落ち着いたいい部屋だとは思うんだけどな」

黒澤はあらためて部屋の中へと視線を向ける。

その表情からは、言葉以上の含みはないのだとわかる。

ただ、この部屋は袴田に知られたこともあり、それを意識すると微妙に息苦しく思えることがあった。最初に部屋に戻った時、足がすくんだのはそのせいだろう。

「お前はもっと明るい部屋に住んだ方がいいよ」

篠口はレースカーテンすら撤去された黒澤の部屋を思って笑う。

「俺の部屋は何もないって思ってるんだろ？」

まさに篠口の思いを正確に見越した黒澤の言葉に、篠口は苦笑する。

「だから、お前が色々揃えろよ、好きにしていい」

黒澤の口から出ているとはにわかに信じがたい言葉に、篠口は目を丸くする。

「好きにしていいって…」

「カーテンもそろそろ替え時だからな、好きなの選べ」

「選べって、そんな…」

呆《あき》れる篠口に牛肉と野菜の炒め物を皿に取り分けながら、黒澤はひょいと肩をすくめる。

「ダイニングのテーブルも替えたければ替えていいし、壁紙や水回りも好きにしろ。家具や小物類の購入はカードを渡しておくし、リフォームを入れるなら見積もりだけくれれば、こっちで支払っておく。あと、隣の部屋のベンチプレスは片付けるから、あの部屋は自由に使え」

それでは実質、同居ではないかと篠口は口をつぐむ。

「そうだよ、俺のところに住めって言ってるんだ」

この部屋も悪くないけど…、とさっさと篠口の思いを見越した男はグラスを口に運ぶ。

「いえ、…でも」

ためらう篠口に黒澤はわずかに首をかしげ、少し考える様子を見せたあとに言った。

「気になるなら、この部屋は置いとけよ」

「…置いて?」

「シェルターみたいなもんだ。置いておけば、何かあった時に逃げ込める。精神的にキツい時とか、ひとりになりたい時とか…、そういう場所を残しといた方がお前も楽だろ？　最初は身のまわりの衣類だけで移ってきてもいい。ここは書斎代わりに使うとか…」

黒澤にしてはずいぶんな譲歩だ。それだけはよくわかる。

黒澤が篠口を監督下に置くことを条件に、退院許可が出ている。

以前に黒澤自身が言っていたように、篠口に何かあった際に責任を問われるのは、今度は黒澤だということだ。

それを踏まえた上でも、まだ何かあった時に逃げてもいいというのは、この男なりに篠口の気持ちに最大限配慮した申し出だった。

かなりの余裕を持ってゆったりと腕の中に囲い込まれているのだろうが、以前のような黒澤自身に対する得体の知れない恐怖感や、いいように扱われているという不満は感じない。

篠口はしばらく考えたあと、炒め物へと箸を伸ばしながら微笑《ほほえ》んだ。

「できれば、机も一緒にいいですか？　アンティークもので、気に入ってるんです」

「ああ、好きなものを持ってこい。リビングもソファーが欲しければ…」

黒澤はいくらか考えるように、首をひねる。

「あの、人を駄目にするソファーでも買うか？　今、そういうの、何社か出してるよな」

「あれは…」

篠口は首を横に振った。

「あれはソファーじゃありませんよ」

「そうか、一度試してみたかったんだけどな」

いったいどれほど駄目になりたいというのか、どこまで本気かわからない口調で、今日も端整な佇まいの男は行儀悪く頬杖《ほおづえ》をつく。

「じゃあ、やっぱりソファーも持ってこい」

「黒澤さんの部屋には…どうかな？　このソファーは、あまり黒澤さんの雰囲気には合わないと思いますけど」

ミッドセンチュリーモダンのソファーは好きなデザインだったし、これまで愛着を持って使ってきたが、自分でも趣味が少し変わってきたのか、どちらかというと正月に泊まったホテルの落ち着いたシンプルなインテリアの方が黒澤の雰囲気には合う気がした。

家具の色味も、今のこの部屋の家具だと黒澤にはやや濃すぎる気がする。全身に黒をまとったような印象の男なのに、そう思えてしまうのは不思議だ。正月にプライベートな部分に立ち入り、意外な一面を見たせいだろうか。

「別に俺の雰囲気は考慮してもらわなくてもいいぞ。お前の居心地のいい部屋を作ればいい」

「でも、そこにいるのは黒澤さんなんでしょう？」

ふと、あのマンションはマンションで、まだ黒澤の色ではないのだろうかと篠口はひっそり思った。カーテンもがらりと広い部屋も、居心地が悪いとは思わなかったが、完全に黒澤のカラーなのかと言われれば、違う。

黒澤はいつになく照れたような、微妙にはにかんだような笑い方を見せると、髪をかき上げた。

「お前もたいがい、わかりにくいよな…」

「どうでしょう？」

一筋縄ではいかないと言われればそうかもしれないが、と篠口はいつにない黒澤の反応が引き出せたことに満足する。

あ…、と黒澤は思いついたようにキッチンへ目を向けた。

「あと、調理道具や調味料も揃えてくれ」

それは頼む、と言う男に篠口は苦笑した。

二章

I

一月下旬の週末、篠口はワンシーズンの衣類と本やパソコン、机、身のまわりの品やいくらかの調理道具などをまとめ、黒澤の部屋に移った。

近々取れる週末で…という引っ越し業者への依頼も、オフシーズンなのですぐに通り、土曜に荷物をまとめて日曜の午前中に移動した。

基本的に篠口の部屋と黒澤の部屋とは近い。足りないものはタクシーでも、場合によっては歩いて取りにいくことも可能だと思うと、あまり抵抗もなかった。

以前、マルチポジションベンチのあった部屋に黒澤の寝室からベッドが移されており、好みのベッドを選ぶまでは篠口が自由に使っていいという。逆にベンチは黒澤の寝室だった部屋へと移動されていた。

正月にはあまりよく見ていなかったが、篠口に用意されたのは、北向きながらも今の篠口のマンションの寝室よりも広く明るい、クローゼットのついた部屋だった。

カーテンもインテリアも好みのものを用意しろ、気に入らないものは処分していいと、本当に黒澤名義のクレジットカードを手渡された。

「これ、僕が好き勝手に使い込んだらどうするんです？」

呆れて尋ねると、黒澤は篠口用に空けた部屋の入り口に凭《もた》れ、そうだなと笑った。

私服姿を見るようになってまだ日は浅いが、グレーのざっくりしたハーフジップニットにデニムは様になっている。

「まぁ、俺に見る目がなかったんだと諦めるかな。こっちへ来いって言ったのは俺だし、カードをうかうか渡したのも俺だ」

ふうん、と篠口はカードに視線を落とす。度量が大きいのか、それだけ信用されているのか。普段はスマートな黒澤にしてはずいぶんストレートな提示だったが、逆にそれだけここを自由にしていいという誠意なのだろうか。

「使う時には、声をかけます」

篠口の返事が気に入ったのか、黒澤は薄く笑った。

そして、時計をちらりと眺める。

「昼まわったな。蕎麦《そば》でも食いに行くか？　引っ越し蕎麦」

「悪くないですね。天ぷら蕎麦とか、いいかもしれません」

篠口は、黄金色にカラリと揚がった天ぷらに惹《ひ》かれると言いながら、スーツをすべてクローゼットに掛け終えた。

「確かに天ぷら蕎麦はいいな。少し歩いていいなら、美味い店がある」

連れられて行った店は、三十分弱ほど歩いた商店街の一画にあった。こぢんまりとした昔からの店だったが、揚げたての天ぷらと蕎麦は歩いた価値の十分ある味だった。あまりに天ぷらも蕎麦も美味いので、黒澤に促されて追加で頼み、取り分けた。

十分に満足して店を出ると、商店街をしばらく歩いたところで、黒澤がふとひとりの男に目を留めた。

三十代後半に見えるが、小柄で身ぎれいな男だった。細身の身体に紺のショートコートをまとい、買い物帰りらしく肩からは食料品の入った大きめの袋を提げている。

向こうも黒澤に気づいたらしく、ちらりと笑みを見せるとかたわらの篠口に小さく会釈した。年は篠口と同じぐらいだが、どこか少年っぽい透明感や清涼感がある。それでいて、年相応に知的で落ち着いた印象も受けた。

「悪い、ちょっと待っててくれ」

黒澤は篠口のもとを離れ、足早に男の方へと寄ってゆく。いくらかやりとりすると、すぐに黒澤は戻ってきた。

相手の男は再度篠口に控えめな笑みを向けると、丁寧に頭を下げてくるので、篠口も礼を返した。強い印象は受けなかったが、雰囲気のいい男だと篠口は思った。

「お知り合いですか？」

「いとこだ」

答えて、黒澤はそれだけだと言葉が足りないと思ったのか、篠口と肩を並べながら言った。

「久しぶりに会った」

篠口は従兄弟《いとこ》という言葉に驚いて、すでに通りを歩く人波に紛れかけている男を振り返る。

あまり身長はないが、明るめのオリーブグリーンのマフラーが細い首筋によく似合っている。

「おしゃれな人ですね」

黒澤の血縁でも、持った雰囲気はかなり違うのだなと思った。

第一、黒澤とあの細身で小柄な男だと、体格がまったく異なる。自分の従兄弟は、皆そこそこ上背があるが…、と篠口は思う。

強くしたたかで喰《く》えない相手だとばかり思っていた黒澤にも、疲れた顔や焦った顔、毒のない笑顔や誰かを慌てて探すような様子もあるのだと知ったばかりだ。

篠口が知らないだけで、小柄でも背筋をまっすぐに伸ばしたあの従兄弟と、どこか通じるものがあるのだろうか。

黒澤が迷いもせずに話しかけにいったところをみると、それなりにウマも合うのだろう。

これといった紹介はされなかったが、今の篠口の立場も微妙に説明しづらいものなので、それは黒澤の配慮かもしれない。

「最近は色々楽しめるようになったのかな？　昔はそうでもなかったんだが」

歩く黒澤の言い方にも構えた印象がない。

学生時代は真面目でも、大人になって肩の力が抜け、自由を楽しめるようになったタイプなのだろうか。

聡明《そうめい》そうな、あまり他にはない独特の空気感がある相手だったと、だからこそ黒澤もそれなりに接しているのだろうかと、篠口は住宅街を黒澤と共にゆっくり歩きながら思った。

Ⅱ

「…それで？　今、三日目か」

食後、つまみのピスタチオを割りながら、黒澤が尋ねてくる。

夕飯の食器を片付けたあと、二人の前にはブランデーのロックのグラスがあった。

袴田の件の調書については、生方に担当は谷崎でいいかと尋ねられた時、篠口は迷わず応じた。谷崎なら、おそらく課内でも一番篠口の心情を細かく汲んでくれる。

――無理はしなくていいぞ。

調書を取るための別室に入りながら、谷崎は篠口に声をかけてきた。

――辛かったり、気分が悪くなったりしたら、すぐに言え。急ぎで書き上げなきゃいけないものでもないしな。

――いえ、こちらこそ。あまり気分のいい話じゃないので、申し訳ないです。

頭を下げる篠口を、男はクシャリと顔を歪《ゆが》めて見上げた。

――俺は迷惑だなんて、一度も思ったことはないからな。

ほれ、と谷崎は篠口の背を叩いて椅子に座るよう促してくれたのが、一昨日《おととい》のことだ。

「ええ、昨日は途中で気分が悪くなってしまって…、中断したので…」

言葉が喉に詰まり、あの別荘内の出来事を、あの時の気分を思い返すこともできなくなった。谷崎にも申し訳ないことをしたと、篠口はグラスを前に呟く。

谷崎を指名したのは自分だが、何日もこんなおぞましい事件の詳細を聞くため、時間を取ってくれる谷崎には本当に悪いと思っている。

「申し訳ないって、そんな人でもないんだろ？　谷崎さんって人は」

「ええ、今の特殊犯に来てから、ずっとお世話になってますし…」

犯人との交渉や説得などは、経験値も合わせたほとんど職人技のような専門職なので、谷崎も特殊犯に来て長いらしく、異動もない。

「…ご存じなんですか、谷崎さん」

黒澤さんなら知ってるかな、と目を向けると、黒澤は頷く。

「ああ、一度、病院で会ってる」

事件後、病院に運び込まれて間もない、自分の意識のない頃だろうかと、篠口は目を伏せる。

やはり事件そのものの詳細を、一からあらためて思い出すのは辛い。心が軋《きし》む。頭を抱え、声にもならぬ悲鳴を上げたくなる。

「こんなことがなければ、谷崎さんにも時間を取らせる必要がなかったっていうか…、やっぱり最初の段階で、どうして僕はもっと早く気づけなかったのかっていう…」

アルコールのせいか、感傷的な言葉がいつもよりポロポロと口からこぼれる。

篠口は空きかけたグラスを前に、かたわらのブランデーの瓶へと手を伸ばす。

今日、黒澤と帰宅時に自分から声をかけて、店で選んで買ってきたものだ。

「深酒はよくないぞ」

黒澤はいなすように笑った。

軽口だったし、瓶を取り上げられるわけではなかったが、ＰＴＳＤ《ピーティーエスディー》の影響でアルコール依存や薬物依存になることを黒澤が危惧していることは薄々わかる。

「気をつけます」

篠口が自分の心配を見透かしていることも察したのだろう。男はブランデーを注いだ篠口のグラスに、ひょいと指をかけて押さえた。

「ここでやめたら、ご褒美をやるよ」

「ご褒美？」

「ああ、何か欲しいものはあるか？」

ご褒美という言葉そのものがしばらく縁がないものなので、とっさには思い浮かばないと篠口は迷った。

「そうだな…」

黒澤も口許に手をあてがう。

「たとえば、この間、前を通った時にお前が笑った、あのクソ忌々しい値段の高級チョコレートとか…」

「ああ、すごい値段でしたね」

見た目にも宝石のように美しいチョコレートだが、それが一ダースにも満たないのに五千円以上もした店だ。

「お前、オペラも見るんだっけ？　この間、アイーダの舞台のポスター見てたろ？」

いかにも辛気くさそうな話だなと、あの時横目に見ていたのは黒澤だった。

「オペラだと黒澤さん、途中で死にませんか？」

「うーん、プリマドンナが太ってなければ？　太ってると、途中で俺の中で喜劇と悲劇が消化しきれずに、投げやりな態度になるかもな」

いい加減な返事だと篠口は笑う。

「そうだな…、あとは京都《きょうと》の高台寺《こうだいじ》だかに本店のある老舗料亭あるだろ？　今度、こっちにも店出すんじゃなかったか？」

「ああ、それは惹かれますね」

軽い言葉遊びのような時間に、篠口はいつのまにか重かった気分もほぐれた。

神経衰弱で勝った分も、せかすことなく選ぶ時間をくれている黒澤の鷹揚《おうよう》さには、敬意を払いたい。

「黒澤さんの方が、僕よりお酒には強いでしょう？」

もう酔っているかもしれないからと、篠口はブランデーを注いでいたグラスを、そのまま黒澤の前に置いた。

Ⅲ

一時間遅れの帰宅になるという黒澤のメールを受け、先にマンションに戻ってきた篠口は、階下のポストを開けて中の封書を取り出す。

宅配ピザのチラシに電気の使用量の案内、保険会社からの郵便の他、司法書士事務所の移転の挨拶《あいさつ》状が入っていた。

ごく事務的な挨拶状だったが、その表書きに篠口はふと視線を止める。

黒澤一誠という名前と一緒に、『史子』という名の連名があった。

史子《ふみこ》…と読むだろうかと、篠口はしばらくその名前に目を落とす。それとも、『あやこ』か、他に読み方があるのか。

なんとなく、篠口がこれまで考えていたよりも、それこそ仕事で家に帰れないうちに女房が出ていったという黒澤の言葉から考えていたよりも、硬質なイメージの名前だった。

むろん、夫婦だったのだし、特にこういう会社や企業からの挨拶状は過去のデータをもとに事務的に送られてくるから、特にチェックされることもなく夫婦連名で送られてきたのだろう。

名前など、親がつけるもので本人の中身とは必ずしも一致しているとは言えないが、どんな女性だったのか…と、篠口は以前、安定剤も服用していたらしき女性の影を想像してみた。

髪は長く、女性的な印象がまず思い浮かぶ。精神的には、少し弱い面もあったのだろうかと想像してしまうのは、安定剤からくる勝手な連想かもしれない。

父親がこんな都内に新婚祝いでマンションを買うぐらいだから、それなりに実家は資産家なのだろうが…。

篠口は特に黒澤には何も言わず、郵便物とチラシはまとめてダイニングテーブルに置いておいた。

篠口が手を洗って着替えた頃、黒澤からそろそろ出るので、どこかで鍋料理でも食べないかとメールが入る。

駅前で待ち合わせる約束をして、篠口は十五分後に部屋を出た。

食後、帰宅した黒澤は、他の郵便物も含めてハガキには目を通したのだろうが、特に重要な案内でもなかったのか、そもそも挨拶状が連名で来ていたことには気づかなかったのか、何も言わなかった。

篠口が風呂から出てきた時には、他の郵便物やチラシと共に、挨拶状はすでにテーブルの上から消えていた。

　篠口が職場に復帰して初めての事件は、離婚した女性の家に立てこもり、刃物を持って復縁を迫る男相手のものだった。

　凶器が刃物で、愛憎沙汰ともなると、突入はなく説得中心となるだろうというのが大方の予想で、羽島《はしま》管理官や生方らの指示もそれに添うものだった。

　現場で以前のように説得班に組み入れられた篠口は、比較的小さな事件であることにほっとする。やはり、復帰早々凄惨な事件に出くわすのは辛い。

　関口と犯人との連絡用回線の他に、技術支援の正岡《まさおか》の指示で、遠藤や田所によって設置された集音マイクからも、現場の音が聞こえてくる。

　荒れた男が室内で暴れているらしく、男がわめく声や、物を投げる音、女性の誹《そし》りや悲鳴などが絶えず聞こえてきてはいたが、警察に囲まれたことによって逆上したのか、それが徐々にエスカレートしてくるのに、篠口は眉を寄せる。

「とんでもねぇ男だな。そんなんだから、奥さん逃げるんだよ」

　一応、突入に備えて待機中の屋島の声がぼやく。

　――キャーッ！　やめてよ！

悲鳴と共に鈍い殴打音に近いものが聞こえた時には、篠口はとっさに耳を覆いたくなった。

何か投げつけられたものが当たった音なのかもしれないが、人が怯《おび》える声を聞くのが今は辛い。

問答無用でいきなり殴られる恐怖が蘇る。まるで家の中で、自分が悲鳴を上げてでもいるかのように思えた。

「篠口、大丈夫だ。まだ殴られてない。ホシが物投げて暴れてるんだ」

眉を強く寄せ、身をすくめた篠口を落ち着かせるためか、大丈夫だと谷崎が背中をゆっくり撫でる。

『なぁ、奥さんに当たっても仕方ないだろう？　少し落ち着いて話そうや。今、温かいものでも用意するからな、ちょっと表に出てきたらどうだ？』

説得する関口自身も、言いながら眉間を揉《も》んでいる。

谷崎が生方を振り返った。

「どうします？　家宅侵入と暴行で引っ張りますか？」

「中に入り込んだ経緯がわからん以上、家宅侵入は取れんかもしれんが、器物損壊と暴行でしょっ引くか。手を上げるのも時間の問題だからな」

生方らが相談している間も、女性への殴打音や悲鳴などが聞こえはじめ、自分でも血の気が徐々に引いてくるのがわかる。

「おい、篠口、ここはもういい」

篠口が真っ青になってきたことに気づいたのか、振り返った関口が声をかけてくる。

「そこまで手もかからなさそうだ。平の方、手伝ってきてくれ」

な、と肩を押され、これ以上、人の悲鳴を聞きたくない篠口は、頷いて席を立った。

裏手に入ってゆくと、突入用の機材をチェックしていた平が、驚いたように席を勧めてくれる。

「篠口さん、大丈夫ですか？　真っ青ですけど」

「ああ…、ごめんね、少し体調が悪くて…」

「休んでるといいですよ。多分、今日は突入そのものはないですから」

労《いたわ》ってくれる歳下の平にも、篠口はうまく言葉を返せず、ただ頷く。

今後も何かあるごとに、こんなフラッシュバックに悩まされるのかと、仕事に戻ってもまったく役に立てない自分にひどい自己嫌悪を覚える。

何かあるたびにこうして前線を外してもらい、被害者面をしているつもりなのかと…。

周囲にいつまでも心配をかけてはいられない。

だが、どうしたらいいのかわからない。

逃げたい、逃げ出したい。

浅香は…、浅香はどうだったろう？…と、篠口は何度も犯人に刺されながらも、最後まで女の子を守って亡くなった友人を思った。

このままでは、浅香にも申し訳ない。

篠口よりもまだ細身だったのに、精神的にははるかに強かった友人は、刃物を持った相手に対しても、自分を楯《たて》にして弱い相手を守る強さを持っていた。

　そんな友人に、せめて顔向けできるような人間ではありたい…、と篠口は少し前に思い出した友人の声を頭の中で追う。

　あの時に胸の中に差した光を失いたくない…、と篠口は手を握りしめる。

　両親の事故のあと、遠藤はどうやって立ち直ってきたのだろうか、ＳＡＴにいた頃はハイジャックの訓練もあるし、それに関する映像なども見聞きしているはずだが…、などと思いを巡らせ、篠口はしばらくは力なく椅子に座っていた。

　指揮班から離れて裏にまわったせいか、事件のやりとりもやや遠い。

　その音からも逃れるため、篠口が頭を抱えるように座っていると、カタカタッ…、とかたわらの機材が小刻みに揺れたような気がした。

　何の音だろうかと少し顔を上げた篠口の足許から、いきなりぐらぐらっと座った椅子ごと横へ揺さぶるような揺れが起こる。

「うわっ！」

　誰かが悲鳴を上げるのが、表の指揮班の方から聞こえた。

　地震らしい。このまま大きくなるかと、篠口は次の動きを算段しながら身構える。

　誰のスマホなのか、不安を覚える地震速報の警告音がけたたましく音を立てはじめた。

　地震に備えてください、とのアナウンスが続いて流れる中、篠口は銃火器が置かれたかたわらの機材の棚をとりあえず押さえる。

ガタガタガタッ、と地面や机、椅子などをかなり強く揺さぶったあと、さほど長引くことなく、揺れは徐々に収まってゆく。

「おい、今のはけっこう大きかったな、どれぐらいだ？」

宮津の胴間声《どうまごえ》が聞こえてくる。

「篠口さん、大丈夫ですか？」

慌てたように平が戻ってきて、声をかけてくれた。

「ああ、大丈夫。…びっくりしたけど」

震度四か五ぐらいだったのだろうかと、篠口は見当をつける。

「こっち、倒れた。おい、起こせるか？」

「通信機材は大丈夫です」

揺れが収まると、わらわらと確認やフォローを求める声が起こる。

それからほどなくして、地震の揺れに興奮も飛んだのか、立てこもっていた男は投降し、女性は解放された。

「きっと、さっきの地震にビビったんだぜ」

「いや、俺もビビりましたよー。どこに隠れようかって、キョロキョロしましたから。地震そのものは短かったけど、かなり揺れましたからね。相模《さがみ》湾の浅いところが震源らしいですよ」

屋島と宮津が笑いながら、機材をまとめている。篠口も機械的に何かをしていた方が楽で、しばらくは無言で片付け作業をしていた。

　撤収作業が終わりに近づいてきた頃、裏手を覗き込んだ生方は篠口をそっと手招いてくる。

「気分はどうだ？　さっきは地震もあったしな」

　生方はがっしりした腕を組み、穏やかに尋ねてくれる。

「いえ…、もう落ち着きました。すみませんでした…」

「いや、いきなり暴力事件でヘビーだっただろう？　色々とな。ああいう一方的な暴力は、やっぱり誰にとってもしんどいものだ」

　生方は責めるわけでもなく、励ますように篠口の肩を叩いてくれる。

「どうだ？　まだ、ここにいられるか？」

　低く、穏やかな声で尋ねられる。

　言葉巧みなものではないが、それは嫌味でもなんでもなく、心底、篠口の心理状態を案じてくれているものだとわかる。

　正直なところ、今は暴行監禁関係には関わりたくない。人が殴打されるような現場にはいたくない。怖くて投げ出したくてたまらない。

　だが…、と篠口は思った。

「はい、大丈夫です。お願いします…」

まだ、どうにかしてここに立ち続けていたいのは確かなのだと。

「焦らなくていい。少しずつでいいからな、焦るな」

生方の言葉に、篠口は深く頭を下げた。

三章

Ⅰ

昼を終え、午後二時をまわった頃、特殊犯捜査第二係の中で外線が鳴るのを、紅一点である竹中《たけなか》がワンコールと置かずに取る。

「はい、特殊犯捜査、竹中です」

四十代後半だが、二十代並みにも若く作れる竹中の声はよく通って、ファイルを抱えて棚の前にいた篠口のところまで聞こえてくる。

「はい、お疲れ様です。いらっしゃいます、お待ちください」

竹中が操作して、生方の卓上の電話が鳴るのを、篠口は息を詰めて見た。

受話器を上げる生方に、関口さんからお電話です、と竹中は告げる。

それを聞いて、生方に席の近い谷崎もちらりと視線を動かした。

「そうか、上がったか。…ああ、…そうだな」

トーンは抑えているものの、重い生方の声は、半分ほどが出払っている部屋の中によく響いた。

やはりあそこから遺体が上がったのだと、篠口は低く息を吐く。

電話は、袴田の別荘下の湾に向かった関口からだった。

二週間前、男が立てこもった事件の際に起こった震度五強の地震の震源は相模湾沖だった。

その地震によるものか、袴田の別荘近くの海岸で、先週、遺体の一部が干潮時に引き上げられたと地元の管轄署から連絡があった。

遺体は袴田が過去に教えた学生で、十年近く前に失踪したとされている青年のものだと鑑識で判明したのが数日前の話だ。

そして、大潮で波も穏やかな今日、警視庁のダイバーを使って、別荘下の入り江で本格的な捜査が行われた。現場には同じ捜査一課の殺人犯捜査係のメンバーの他、関口や屋敷と宮津、遠藤らが行っていた。

現場捜査から篠口が外されたのは、生方らの配慮だ。

「そうだな…、鑑定待ちになる。…袴田は今のところは否認だ」

あそこに錘《おもり》をつけて沈められれば、とても浮かばないだろうとは思っていたが…、と篠口はあの日、窓から衝撃と共に見下ろした藍色の海を頭の中に思い返す。

「おい、大丈夫か？」

かたわらから谷崎に声をかけられ、反射的に眉を寄せていた篠口は頷く。

袴田の名前を聞くと、思考が停止しかけてしまう。いや、実際に停止している。

思考云々《うんぬん》よりも、まず先にその場から逃げ出したくなる。

「大丈夫です」

応えた篠口は、足先からざっと血の気が引いていく感覚を覚え、かたわらの机に手をついた。

「座っとけ、ゆっくりでいいから」

谷崎は篠口の手からファイルを取り上げながら、椅子を引いてくれる。

「キツかったら、早退していいぞ」

「大丈夫です」

曖昧《あいまい》に頷いた篠口は、谷崎が引いてくれた椅子に腰を下ろしながら尋ねた。

「…しばらく座っててもいいですか？」

「ああ、座っとけ。飲み物でもいるか？　コーヒーとか、あったかいお茶でもいい」

気遣ってくれる谷崎に、篠口は首を横に振る。

「ありがとうございます、そこまでじゃないので」

「確かに遺体云々なんて、聞きたくないよな」

「いえ…、多分、監禁されたのは僕だけじゃないとは思っていたので…。人を閉じこめるのに、あまりに手慣れすぎてる印象はありました」

袴田と関係を持たされた時、意識のある方がいいか、意識がなくなる方がいいか、どちらか選べと言われた。

あの時、意識がある方を選んだのは、最終的には自分は殺されるのだと思っていたからだ。

袴田が飽きた時、袴田に逆らった時、袴田の過度な怒りを買った時、袴田の嗜虐《しぎゃく》心がエスカレートした時…、殺されるきっかけなどいくらでもあった。

だが、はたして殺される時、あるいは体の一部を切り開かれたり、押し潰されたりする時、意識があった方がいいのか、悪いのか…、今となってはどちらがましなのかわからない。

自分はあの時、何を恐れていたのだろうと篠口は目を伏せる。逃げ場のない恐怖と助けの来ない閉鎖空間は、正常な判断を狂わせる。

今、まだ比較的冷静に当時を思い返せるのは、あの追いつめられた恐怖から救い出されたという安堵からだ。

それでも時折、やみくもに恐怖にかられてしまうことがある。まだ、篠口にはその恐怖をうまくコントロールはできない。

「無理するな、お前はよくやってるよ」

谷崎は軽く篠口の背中を叩き、ファイルを手に生方のもとへ行く。篠口にひとりで落ち着く時間を与えるため、そして、今、職場にいて、篠口はひとりきりではないという安心感を与えるために。

篠口は谷崎の配慮に感謝しながら、ゆっくりと目を伏せた。

帰宅時、谷崎はタクシーを呼ぼうかと尋ねてきた。電車で帰れると答えると、ならば途中まで一緒に行こうと、駅のホームまで送ってくれた。

　そんな谷崎に頭を下げ、地下鉄に乗ったあとも、まだ黒澤の帰っていない部屋に戻ってひとりでいることは気が進まなかった。

　篠口は地下鉄の中で少し考え、お酒のつまみになりそうなものでも見つくろおうと、途中で電車を降りてデパートに向かった。

　職場に復帰はしたものの、自分ひとりで賑わう場所へ出てゆくのは退院後初めてだった。駅からマンションまで帰ったり、その途中のコンビニに寄ったり程度はしたが、近所への買い物などとなるといつも黒澤が一緒だった。

　最近は篠口に合わせ、かなり早めに仕事を切り上げて帰っているらしい黒澤の労に報いるためにも、自分のリハビリも兼ね、何か美味いものでも買えればと思った。

　駅の改札を出てデパートに向かう途中、人でごった返す駅の構内や通路にやや面食らう。

　人の波は見慣れているはずなのに、人酔いするような感覚を覚えた。人の話し声や機械的なデジタル音、様々な臭いといった感覚的なものが、どっと一気に押し寄せてくるような気がする。

　普段なら無意識のうちに切り捨て、やり過ごしているだろう五感への大量の情報が、久しぶりに接したせいかすぐには処理しきれないらしい。悪酔いしたようなふわふわとした浮遊感、解離感を覚えた。

　デパートの地下に足を踏み入れた篠口は、ここでもまた売り子の大きな掛け声や密集した人々の会話、金銭やカードのやりとり、調理中の食べ物の匂いに戸惑う。

ここはこんな場所だっただろうか。

久々の人混みへの酔いが辛い。ちょうど帰宅時となるためか、通路は人で溢《あふ》れている。

夕食やつまみになりそうな美味しいものを探すというよりも、人の声や食べ物の匂いから逃れるように、篠口は食料品売り場の奥へと足を進める。

洋菓子売り場から各地の有名店商品が並ぶ銘店街、弁当、惣菜《そうざい》コーナーを過ぎ、北海道から直送された特別物産コーナーを横目に見る。

こんな状況には、以前も陥った気がする…、支払いや注文のために足を止める買い物客の間を自分でも説明のできない焦燥感に駆られて歩きながら、再び意識が解離しかける。

あの時…、あのデリや書店で袴田に声をかけられた時のことだ。

たまたま出会ったように思っていたが、あまりに自分は袴田に対して無防備だったのではないかと、篠口は蘇る既視感に戸惑いと焦りを覚えた。

自分は袴田にとって獲物のようなものだったのだろうか。あの閉じこめられていた離れの下の岩場に錘をつけて沈められていたという遺体のように…。

狩った獲物である篠口を、あの男は最終的にはどうしたかったのか…。

やはり逆らえば、あるいは飽きたり、好奇心が満たされてしまえば、残忍な形で手にかけられ、同じように海に沈めるつもりだったのだろうか。

暗がりに閉ざされた水底《みなそこ》から見上げる、遠く明るい水面《みなも》がふと見えるような気がした。

息が苦しい。喉奥に、肺に、大量の冷たい水を詰め込まれたような息苦しさを感じる。

袴田に本屋で声をかけられた時、デリショップ、他にもあとをつけられていたのにまったく気づいていなかった時もあったのか。

いつだ、いつの時だ…、と背筋が冷え、嫌な汗がこめかみや首筋を伝った。何も知らず、何も考えず、ただ袴田に追われるままにいた自分は、さぞかし隙だらけだったことだろう。

人でごった返す食料品売り場が暑いのか、それとも陳列冷蔵棚のために寒いのかがよくわからない。視界がいきなり暗く狭まってくるのと同時に、急に周囲の人の視線が気になってくる。狭くなった視界の外から、誰かに見られているのではないか、追われているのではないかという嫌な切迫感と焦燥感を覚える。

根拠のないおかしな強迫観念だと思う一方で、耳の奥で小さく何かが弾けるような炸裂《さくれつ》音が何度も響いた。そのあと、サーッ…、というような雑音《ノイズ》が人の声に重なって聞こえ、逆に人の声は雑音の向こうに遠くなる。

普通では、こんな異様な音が頭の中で続くはずがない。何か精神的なストレス性の異音なのかと、篠口はやみくもに出口を探した。

地下の閉鎖空間が悪いのか、人混みにパニックを起こしているのか、それとも理由のないフラッシュバックなのか、とにかくここから逃れたいと篠口は目についた出口から階段を上がる。

使ったことのない階段だったので、とっさに駅周辺のどの通りに出たのかもわからない。

それでも何かに追われ、囲い込まれているような焦燥感は消えない。このままでは精神的な悪寒や発作から自分が倒れるのではないかと、篠口は荒い息をつきながら周囲を見まわした。

この場から、走ってでも逃げ出してしまいたい衝動はある。

できれば誰もいない、誰にも追われない安全な場所がいい。

だが、このままやみくもに誰にも追い込まれない、人の目につかない逃げ場を探すよりも、仮に自分が倒れてしまった場合、また、本当に誰かに追われていることを考えた場合に、比較的周囲に迷惑のかからない場所、助けの得やすい場所…と思った時、狭まった視界の中でコーヒーチェーン系列のカフェが目に入った。

通りに面したオープンテラスを持つ店で、広めの店内には落ち着いたソファーも置かれ、仕事終わりの待ち合わせなのか、店内はそこそこ賑わっている。

篠口は少しでも呼吸を落ち着けるために大きく息を吸うと、その店内に足を踏み入れた。

ちょうど前の客がオーダーを終えたところで、店員から次にお待ちのお客様…、と声がかかる。

ホットだけを頼むと、篠口は受け取り口へと移動してスマホを取り出した。

人の中にいても落ち着かない。本当に誰かに追われているわけではないのかと、篠口は店内、店の入り口と視線を走らせた。

袴田は勾留中だ、ここにいるわけはないと、スマホを握った手が小刻みに震える。

おそらく自分の精神状態が不安定なのだろうし、現状、誰かが自分を追わなければならない理由もない。

しかし、黒澤に一度警告されたにもかかわらず、まさか自分が…と考えてしまった篠口の認識の甘さが、袴田のストーキングに気づけなかった理由でもあった。

あいかわらず視界は狭い。篠口は周囲に視線を走らせながらも、この恐怖と焦燥はただの自分の思い込みだと言い聞かせる。

それでも動揺のため、視線そのものが不安定に動いてしまう。このままだと篠口自身が不審者だと通報されるかもしれない。

いっそ、それもありかと思った頃、カウンターの向こうからコーヒーを渡された。

幸い、店の奥の席が空いているのが見えたので、篠口はとっさにその席へと向かった。

逃げ場がないようだが、何者かに追われている場合には、店全体が見渡せる場所の方がいい。

――何でも相談があったら言え。

別れ際、谷崎はそう声をかけてくれた。

多分、今の精神状態なら、間違いなく駆けつけてくれる。

だが、この状態なら、再び病院送りだろうか。

――何かあったら呼べ。

黒澤の声も蘇る。退院後、初登庁の時に言われ、その後も教えこむように何度となく繰り返された。

篠口はスマホを前に入り口、店内と落ち着きなく視線を動かしながら迷った。

黒澤が忙しいのはわかっている。頼ってもいいのだろうか、それはあまりに安易な選択ではないのかという思いが頭を巡る。

だが、今の篠口を確実にすくい上げることができるのは、そして、このあと側《そば》にいてほしいのは…、と考えた篠口は黒澤宛にショートメールを打った。

『今、出られますか？』

十秒と経《た》たぬうちにスマホに着信がある。

『どこだ？』

前置きも何もない、いつもより太く聞こえる声に、篠口は店の名前と駅名、デパートの地下売り場を上がってすぐの場所であることを伝える。

『十五分ほどで行く。動くな』

それだけで正確な位置を把握したのか、黒澤は電話を切った。

篠口は時計に視線を走らせる。あと十五分と時間を区切られると、まだなんとか耐えられる、持ちこたえられると思った。

注文したコーヒーには手をつけず、何度も時計へと視線を走らせながら、できる限り深めの呼吸を繰り返していると、十五分を前に長身の男はコートを手に店の中に足早に入ってきた。

篠口が声を上げるよりも先に、男は店内を一瞥《いちべつ》しただけでさっさと篠口を見つけ出す。

目の前までやってくると、男は腕を差し出してきた。

「いい席のチョイスだな、店内全部と店の入り口をちゃんと監視できる」

人目を気にする余裕もなくて、篠口は差し出された腕になんとかかるようにして立ち上がった。

黒澤にハンカチを渡され、篠口は小さな礼と共に受け取ったが、脂汗が浮いた額や首筋を拭う気力はなかった。

「酷《ひど》い顔色だな、歩けるか？」

かろうじて頷き、かたわらから黒澤に支えられて歩く。

黒澤が手にしたコートと自分の身体とで、篠口をさりげなく周囲の視線から隠してくれたのがわかる。

「外にタクシーを待たせてある」

黒澤の声に、安堵からか、脳貧血でも起こしかけているのか、視界がどんどん狭まりつつある篠口は低く尋ねた。

「…仕事、大丈夫ですか？」

「残りは家ですませることができる、気にするな」

ほとんど抱えられるようにして、ハザードランプを点滅させながら店の前で待っていたタクシーに押し込まれる。

　そこから十五分ほどで、黒澤のマンションまでようやく戻った。

上着はかろうじて脱いだが、脂汗で濡れた身体が不快でも、シャワーを浴びる気力もない。

篠口は黒澤に礼だけ言うと、逃げ込むように早々にベッドにもぐり込んだ。

「水分取れそうか？」

開けっぱなしの部屋のドアをノックし、黒澤が尋ねてくる。

枕許に置かれたのは、スポーツ飲料とお茶のペットボトルだった。黒澤が常々常備しているものではないので、どこかで買ってきたのだろうかと篠口は薄く目を開ける。

「ずいぶん汗かいたな」

抜き取ったネクタイがシーツの上に投げ出されたままだったのをかたわらへ置き、黒澤はベッドの端に腰を下ろす。

「身体起こせるか？」

尋ねられ、何事かと篠口は重い身体を黒澤の方へと振り向ける。

湯で絞ったらしき温かなタオルが額に当てられ、顔、首筋とゆっくり拭われる。

「シャツも脱いどけ。汗で気持ち悪いだろ？」

手を貸してもらってのろのろと身を起こし、篠口は皺《しわ》になったシャツを脱ぎ、代わりにパジャマに袖を通す。

「ちゃんと呼べたな」

パジャマのボタンを留めながら、黒澤は笑った。

まるで子供でも褒めるような言い方だと思ったが、悪い気分はしなかった。

篠口はひとつ、小さく頷く。

黒澤なら、まず間違いなく篠口が陥りかけている闇から引きずり出してくれる。そう信じられた。

「…遺体が上がったそうです」

喉に引っかかるかすれ声で、ずっと昼から胸につっかえていた事実を喉許から押し出すと、そうか、と黒澤は低く応えた。

遺体と告げただけで、すべて察したらしい。

「少し休め。横になってた方がいい」

それ以上のことは詳しく尋ねる様子もなく、黒澤は身を横たえるのに手を貸してくれる。

篠口が布団をかぶり、ベッドの中で身を丸め寝心地のいい姿勢を取ると、そのまま部屋を出ていくのかと思った男は、低く息をつきながら布団の上に半身を倒す。

そして、布団越し、篠口の腿《もも》の上あたりに頭を乗せた。

思いもしない意外な動きに、篠口は何をしているのだろうとしばらく様子を窺《うかが》う。

しかし、それ以上は何をするでもなく、膝枕の状態のまま、男はただじっとしている。

やがて篠口は、そっと男に声をかけた。

「…風邪、ひきますよ？」

「ああ…」

答えるばかりで、男はしばらく身を投げ出したように動かない。

篠口が首を起こすと、黒澤はどこか疲れたような、ほっとしたような不可解な表情で天井を仰いでいる。

やはり自分を迎えにくるために何か無理をさせたのかと、篠口はそんな男の表情を見た。

そして、疲れて動く気もなさそうな男に、どうにか布団をかけられないかと姿勢を変えた。

「黒澤さん…」

篠口の意図を察したらしく、ちらりと視線を上げた男は億劫《おっくう》そうに身を起こす。

「少し詰めろ」

首許のネクタイを抜き取り、横にもぐり込んでくる男のために、篠口は口許をわずかばかり笑みの形に作ると場所を空けた。

Ⅱ

帰宅後すぐにベッドにもぐり込んだのがよかったのか、翌朝はいつもより少し早い時間に目覚めた。

無理なら仕事を休めと言われたが、篠口は黒澤と共に出庁した。勤務後も小一時間ほど男を待って、一緒に食事を取って帰った。

「少し待たせるかもしれないが…」

駅前の定食屋を出たあと、マンションへと向かいながら黒澤は言った。

「これからしばらくは、一緒に俺と外で食事を取ってから帰ったらどうだ？　あまり待ちたくないか？」

篠口は吐く息が白く曇るのを見ながら考える。

「昨日、デパ地下へ行ったのは、気分も上げたいっていう気持ちがあったのかもしれません」

でも…、と篠口はつけ足す。

「まだ少し早かったのかもしれませんね。病院から戻るのも…」

「珍しく弱気だな」

からかうような言い方に、篠口は苦笑する。

「…もともと、そんなに強気でもないですよ？」

「そうだな、どっちかっていうと慎重派かな。色々ひとりで考えて答えを探したい派っていうか…。でも、それなりに負けん気は強い方だと思うぞ」

「それは…、黒澤さん相手だからじゃないですか？」

確かに、黒澤相手にそんな物言いをする相手を見たことはないなと篠口は思った。

といっても、今、黒澤は警備局警備企画課の総合情報分析室理事官というとんでもない肩書きを持っているキャリアで、篠口のいる捜査一課の普段はふんぞり返っているキャリア連中ですら頭の上がらない相手だ。

だが、公安時代に篠口の垣間見《かいまみ》た仕事中の黒澤も、同僚に何か言い返されている様子はなかった。そんな怖い物知らずの人間は見たことがない。

篠口が黒澤に色々言い返すのは、単にそれを黒澤が許すからだ。言い返しても、逆にそれを楽しんでいるような人を喰った薄笑いを浮かべているばかりだったから…、と篠口は今になって戸惑う。多少言い返したところで、結局、黒澤のいいように事を運ばれるので、意趣返し程度に毒を向けていただけだ。

普段、職場では篠口もそれなりに言葉を選んでいるつもりだ。

「病院も…、まぁ、潮時だっただろう。職場に戻りたいなら、タイミング的にはよかったんじゃないか？」

「…そうでしょうか？」

「それよりも、職場に戻ったお前の強さに、皆驚いてるんじゃないのか？」

「…強くはないです」

呟くと、いや…、と黒澤は横顔で笑った。

「誰だって、お前がどれだけの気力を振り絞って、今の位置に立っているかわかってるさ。わかっているからこそ、皆、敬意を持ってお前を迎えてるんだろ？」

篠口は自分を敬礼で迎えてくれた後輩や、握手を求めにきてくれた平、そして、自分を抱きしめてわんわんと声を上げて泣いてくれた谷崎を思った。

「自分の立場に置きかえてみれば、それがどれだけ辛いことなのか、厳しいことなのか、皆わかってる。…俺だってそうだ」

「…黒澤さんもですか？」

「ああ、俺ならさっさと転職先探すだろうな」

あっけらかんとした言いように、篠口も口許をゆるめる。

「僕は黒澤さんみたいに潰しがききませんよ」

「そうか？　ナチュラルに外資系には行けるぞ、その英語力と交渉力なら」

黒澤に指摘され、篠口は少し考える。

「…そうですね、辛くなったら考えてみます」

本当は…、と篠口は思った。

本当に一番辞めたいと思ったのは、浅香を失った時だった。何もかもが真っ暗で、世の中すべてから光が消えたようにも思えた。

光も、そして正義すらも…。

「今より、浅香がいなくなった時の方が、警察辞めそうな顔してたよな」

まるでその考えを読んだかのように横から黒澤に言われ、篠口は驚いて目を見開き、足を止める。

「…どうして？」

篠口が立ち止まったせいか、黒澤も一緒に足を止める。

「どうしてって…、職場そのものに興味なさそうな顔になってたじゃないか」

常々容易に人の思考を読むとは思っていたが…、と篠口は呆気《あっけ》にとられて男を見つめ返す。

「あ、ヤバいな」

黒澤が小さく呟き、篠口は何事かと瞬く。

「今、すごくお前にキスしたい」

ニッ、と笑われ、篠口は呆れて前を向き、歩きはじめた。

「…何考えてるんですか？」

「だから、思いとどまっただろ？　ここ、監視カメラあるんだよ」

物騒な黒澤の言葉に、篠口は今度はギョッとして足を止めた。

「…え？」

「あそこと…、あそこな」

黒澤は飄々《ひょうひょう》とかたわらのマンションの入り口と、少し離れた交差点向こうの店舗の軒先を指差す。

「怖い人だな、あなた…」

「お前、そんな男を手玉に取ってるんだ、もう少し大きく構えてていいぞ」

俺、今はそれなりに力はあるからな、とどこまで本気かわからない表情で男は笑う。

「浅香は…、僕にとって前へ進むための指針みたいな存在だったんですよ。考え方がまっすぐで、いつも何の計算もなく他人へ手を差し伸べることを選んでた。人はあんな風に純粋に物事を捉えることができるのかって…、側にいるだけで癒やされたし、うらやましくもあった。見失って、警察《ここ》にいる意味を見失ってしまったっていうか…」

　そのキラキラしていた光も、今は遠く感じるが…、と篠口はコートのポケットに手を突っ込みながら、再び歩き出す。

　深く暗い水底から仰ぐ、水面の明るいキラキラした光…。

　この間、デパートの地下で感じた閉塞感とは異なる、遠く美しい煌めきに惹かれる切なさに、今も胸の奥の方が小さく痛む。もうはるかにかなわぬ想《おも》いへの哀惜なのか、それとも感傷なのか…。

「ペットでも飼ったらどうだ？」

　さっさと篠口と肩を並べる男の言い分に、篠口は眉を寄せる。

「そういう安易なものじゃないんですけど。第一、マンションは生き物は無理でしょう？」

「うちのマンション、大型犬までならペット可だぞ。自転車置き場の方に、ペット用の足の洗い場もある」

「それは…知りませんでしたけど」

　そのわりにペットを連れた住人を見ないのは、自分が出入りする通勤時間が散歩の時間と重ならないためだろうか。

　それとも、飼育可と謳《うた》われているだけで、実際に飼っている人間はそれほどいないのか。

「一度、見にいくのも悪くないだろう？」

「…ペットをですか？」

「気分変えてみるのも、いいぞ。別に無理に買わなくてもいいし。動物を見るなら、どこか動物園でもいい。…けど、寒いな、今の時期」

「そうですね、この寒さの中をわざわざ動物園までは出かけたくないですね…」

途中からとぼけはじめた黒澤の話に、もう世間話程度の適当な相槌《あいづち》で、篠口は男と共にマンションのホールへと入っていった。

Ⅲ

土曜の朝、駅前のベーカリーカフェで朝食を取ったあと、黒澤は篠口を誘って電車に乗った。

事前にチェックしておいたペットショップ数軒を、途中で他の買い物なども挟みながら見てまわる。

「別に犬でも猫でもハリネズミでも、ハムスターやインコでもいいぞ。あー…、でも、お前、あんまりハムスターとか鳥とかは似合わないよな」

繁華街のトリミングも兼ねたショップビルを覗きながら、篠口に声をかけると篠口は呆れたような目を向けてくる。

「黒澤さん、本当に適当ですね。ペット飼えっていうのも、あまり本気じゃないでしょう？」

今日は篠口も精神状態がいいのか、繁華街で人波に紛れていても、そこまで顔色は悪くなかった。

これまで足を踏み入れたことのなかったペットショップという目新しさも、生き物を眺めるという行為そのものも、気分転換にはなっているらしい。途中、文具専門店を覗いた時も表情は悪くなかった。

「でも、僕、小学校の時は祖父の文鳥の世話をたまにしてましたよ」

店を出ながら、篠口は黒澤を見上げてくる。

「文鳥か、悪くないな」

「ええ、綺麗《きれい》な桜文鳥でした。喘息《ぜんそく》持ちだったんで、あまり触れなかったんですけど、慣れると手の上に乗ってくるんです。祖父にはよく懐《なつ》いてましたね」

小学校の頃の行儀のいい篠口の様子が思い浮かぶようで、黒澤は口許をゆるめる。

「次の店は少し離れてるな、ちょっと歩くぞ」

「いいですけど…、この辺のショップのペットって信じられないような値段がついてますね」

「まぁな、テナント料や人件費も乗ってるんだろ」

「欲しいとか、欲しくないっていう以前に、値段に怯《ひる》みますね」

ペットというには、あまりにも価格が現実離れしているとこぼす篠口と共に飲食店の集中している通りを歩いていると、二人組で歩いている男のうちの背の高い方が、驚いたような顔で篠口と黒澤とに目を向けてくるのが見えた。

あの組対二課の…、と黒澤は男と視線を合わせたものの、素知らぬ顔で篠口と歩き続ける。

男がじっとこちらを見ているのがわかったが、そのまま男に気づいていないらしき篠口と通りを曲がる。

外国人の犯罪を扱う組織犯罪対策二課に所属するだけに、土曜日も捜査らしい。

もとの捜査一課に戻してやると言ったのにな…、と黒澤は数年前の男の顔を思い出す。

幾人か選んだ中でも一番黒澤の計算通りに動きながらも、最後は黒澤への対抗心からか、それとも職務への忠誠心なのか、二課へ残ることを選んだ男だ。

ああいう頑《かたく》なさや芯の強さ、無鉄砲さを見込んで、あの男を選んだが、ある意味、黒澤の予想を裏切った男でもある。

そういう意固地なあたりも刑事として特化しているのだろうが…、と黒澤は同僚と捜査中である以上、無理に黒澤を追うことのできない男を思った。

それとも、いきなり黒澤を呼び止めないだけの分別は持ち合わせているか。

やや奥まった場所にある、ペットホテルも兼ねた落ち着いたショップに入ると、そこでは広めのサークル内で、数匹の子犬がはしゃぎながらじゃれていた。隅の方では、遊び疲れてクッションの上で寝ている子犬もいる。

奥の別のサークル内では、子猫が二匹ほど丸くなっている。

篠口はしばらく物珍しそうにそんな子犬や子猫の様子を見ていたが、やがて、行きましょうかと黒澤を振り返った。

「ピンとこなかったか？」

別に気分転換できれば、そして、外に二人で揃って出かけるのなら、ペット選びでも絵画鑑賞でも何でもよかったが、さっきの文具店の万年筆よりもまだ少しテンションの低い篠口に、黒澤は声をかける。

そもそも動物を飼うなら、基本的に相性や縁がある。決まる時には、血統書のあるなしや見た目、値段など関係なしに決まるものだ。ペットショップに来たから、すぐにこの中から選ぶというのは違う。

そういった意味では、篠口はかなりの慎重派だ。長くつきあうものに関しては、インテリアひとつでも十分吟味して選ぶ。

決まらない時は決まらないだろうし、第一、何を飼うのかという方向性すらまとまっていないような状態だった。

それよりも、今は篠口の興味を外へ向けること、未来へ向けてやること、その方が大事だった。

「そうですね、動物は可愛《かわい》いとは思うんですが、飼うとなると違うなって…」

「まぁ、そういうものだろ？　生き物一匹分の一生を引き受けるんだから」

黒澤の言葉に、篠口はまじまじと黒澤の方を見てくる。

「何だ？」

「いえ、黒澤さんからそんな言葉が聞けるとは思わなくて…」

「そうか？　俺は生き物に関しては、それなりに責任は取るぞ」

黒澤の返事をどう思ったのか、篠口は笑った。

「…そうかもしれませんね」

ずいぶん意味ありげな間《ま》だったが、声や表情はこれまでに比べるとかなり素直なものだった。

「さて、晩飯を何にするかな？」

「少し外食に疲れましたね」

篠口は歩きたい気分なのか、繁華街に倦《う》んだのか、駅とは逆方向に足を向けながら言う。

「飽きたか、…そうだな。家で軽く何かつまみながら食べられるようなものでも作るかな。だし巻きなんかできるかな？」

だし巻きはさすがに経験値がないと厳しいかもしれないなと黒澤が呟くと、篠口が薄く笑う。

「面倒ですから、炒《い》り卵とかにしませんか？　卵とじゃこの炒ったものって、それなりにつまみにもなりますよ。あと、お味《み》噌《そ》汁…、いや、昆布を敷いて湯豆腐にしましょう」

「悪くないな。何か煮物だけ、そこその店で買って帰るか」

「いいですね、日本酒が合いそうだ」

量は少しでいいから、と篠口は楽しげに声を上げた。

「お前、日本酒っていけるんだっけ？」

あまり飲むところを見たことがない。元旦を迎えたホテルの朝食時も、お屠《と》蘇《そ》に口をつけただけだった。

「日本酒はそこまで飲めないので、普段はあまり…。そもそも飲む機会がないのかなぁ。なので、美味しいのもよく知りませんし」

「ふうん、じゃあ、美味いのを買って帰ろう」

やや血色の戻った篠口の表情が明るい。

さっきまでの人いきれを外れ、季節相応の冷気の中を、黒澤は篠口の歩調に合わせて歩いた。


その夜、黒澤がキッチンで食器を洗い上げている間、先に風呂を使い終えた篠口はリビングでパジャマの上にニットを羽織り、ノートパソコンを開いていた。

篠口用の部屋ではなく、ここで画面を開いているのなら見られてもかまわないのだろうと、食器を洗い終えた黒澤はかたわらへ行ってひょいと覗く。

「調べ物か？」

「ええ、犬って実家には昔、秋田《あきた》犬がいたこともあったんですけど、僕はまだ小さかったから父や祖父と一緒に散歩に行ったことぐらいしか覚えてなくて…、あの頃はまだ外犬でしたしね」

犬か猫かと聞かれれば、どちらかというと犬の方がいいと言いながら、篠口は犬の飼い方のページを眺めている。

最初は動物を飼うことそのものにあまり関心がなかったようだが、店をまわるとそれなりに興味を覚えたらしい。

対象が何であれ、事件後、自分以外の周囲へ積極的な関心が向くのはいい傾向だ。

「風呂入ってくる」

声をかけ、黒澤が三十分ほど入浴して出てくると、篠口はまだ熱心にページを見ていた。

表情や雰囲気を見るに、何か気になる犬種でもあったかと、黒澤はお湯を沸かし、二人分のほうじ茶をマグカップに淹れて戻った。

「犬の里親？」

カップを置きながら尋ねると、ええ、と篠口はページに目を落としたまま応じた。

黒澤が椅子を引いて一緒に眺めると、犬の飼い方などのリンク先から辿ったらしい、里親募集ページが開かれている。

「動物のシェルターみたいです。保護犬や飼育遺棄犬が多いですね」

無条件に人間に信頼を寄せたような無垢《むく》な表情の犬や、いかにも無邪気そうな雑種の子犬、老成した表情の犬などに交じり、時折、怯えた表情の犬、こちらとは目を合わせようとはしない犬もいる。

処分センターなどでの処分日が決まっている犬も何頭かいて、怯えた表情で身を縮こめているのは、たいていそんな犬だった。

ペットショップの数十万もする子犬や子猫の境遇とは雲泥の差だ。

篠口は子犬よりもむしろ、老犬やそんな保健所からの引き出し犬の写真をいくつかクリックしている。

引き取り手の少ない犬に目を向けるのは、今の篠口の精神状態によるものだろうかと、黒澤はしばらく横あいからそんな様子を黙って見ていた。

篠口がいくつかのウィンドウを開いたあとに再度クリックしたのは、そんな撮影者に怯えるように背を向けた犬だった。

さっきも見ていた犬だな、と黒澤は画面に目を落とす。

哀《かな》しそうな顔をした、黒い毛足の長いメスのイングリッシュコッカースパニエルだ。狭いケージの中に閉じこめられ、何頭も子犬を産んだ六歳の繁殖遺棄犬との紹介がある。

生まれて以来、散歩や手入れなどといった人間の手がかけられてこなかったせいか、何枚かの写真は怯えきった様子で身を縮めていて、いずれもこちらを見ていない。

繁殖だけが目的の悪質なブリーダーによる犬の遺棄は少なくない話だが、やはり被害犬を目の当たりにすると何とも哀れだった。

ボランティアがそっと言葉をかけながら撮影する様子にもほとんど反応を見せないコッカースパニエルの動画を、黒澤は篠口と一緒に見た。

ケージに押し込まれたままで、生まれた子供はすべて取り上げられ、ただただ絶望の中で過ごしていたのか。生まれて六年間もの間、運動することもなく過ごした身体は脆弱《ぜいじゃく》だろうし、それに伴う障害や病気がいずれ出てくる恐れもある。

　これはもう、相当に時間をかけないと人間には心を開かないのではないかと、場合によってはその手間や時間ですら無駄になるのではないかと思ったが、あえて言葉にはしなかった。

ただ、何度となく動画を再生して見ている様子を見ると、この身を縮こめたままでほとんど動かない犬の何かが、篠口の琴線に触れたのだとわかる。

　一緒になってその動画を幾度か見た黒澤は、ふと口を開いた。

「なんかさ…、この犬、お前に似てるな」

「メスですけど…」

　色々な犬が並んだ元のページに戻りながら、篠口は答える。

「何だろう…、目を伏せた横顔とか？　何か物思わしげな雰囲気かな」

　一番初め、公安に専科研修でやってきた篠口に会った時の印象がそうだった。

「そうですか？」

　篠口は薄く笑った。

「確かに僕は和犬タイプじゃないでしょうけど」

　柴犬っぽい人間っていますよね、と篠口はあまり黒澤の言葉を真《ま》に受けた様子もない。

「ああ、どこか疲れたような…、そうだな、頭のよさそうな雰囲気が似てるんだ」

「頭がよさそう？」

篠口は黒澤の言葉に、再度さっきのイングリッシュスパニエルのページに戻った。

「確かに元気のない犬ですが…」

「置かれた環境に孤独と恐怖を覚えるほどに利口だから、そんなに怯えてるんだろう？」

黒澤の言葉が腑《ふ》に落ちたのか、篠口はそうですね…、と呟いた。

「…手はかかるだろうな」

色んな意味で…、と暗に含めると、篠口は頷く。

「そうでしょうね」

でも…、と黒澤はつけ足した。

「気にかけなきゃいけない相手が側にいるのは、お前にとっても悪くないと思う。それがこの犬なのかどうかは、わからないが…」

黒澤と、そして画面の中のこちらに顔を向けようとしない黒い犬を、篠口は色素の淡い瞳で何度か見比べたが、それについては何も答えなかった。

薄く形のいい唇が、横から見るとやわらかいラインを描いている。

黒澤は身を伸ばし、その唇の端に口づけた。

Ⅳ

RH

「篠口、ちょっといいか？」

勤務中、ロッカールームの入り口で屋島から声をかけられ、着替えを終えた篠口は振り返る。

屋島の横で入り口に立ち、小さく頭を下げたのは、山下暎《やましたあきら》という長身の後輩だった。

「お久しぶりです、お呼びだてして申し訳ないです」

かつて、篠口が寮に在籍した時に一緒だった男は、かしこまった礼を見せた。

珍しい相手に、篠口は何か特殊犯の捜査内容に関する質問だろうかと、山下と共に廊下に出る。

「久しぶりだね。今はどこに所属してるんだっけ？」

何年か前、刑事部の花形といわれる捜査一課から組対二課に応援でまわされた時、寮の中でずいぶん荒《すさ》んだ空気をまとっていたが、今はかつてのような尖った雰囲気がない。

前は無精髭《ひげ》が伸びているのをよく見かけたが、今はそれなりに身なりに気を遣っているようだ。

「組対二課です」

面映ゆそうな顔で肩をすくめる男に、篠口は一瞬驚いたものの、微笑んだ。

「ああ、頑張《がんば》ってるんだ」

意外だったが、今は組対での捜査に張り合いを見つけたのか、それとも私生活の方が落ち着いたのか。

「まぁ、頑張ってるっていうほどじゃないですが、やれるところまでやろうかなと」

この無骨な男らしい言い分だ。今いる場所に、山下なりに何かやりがいを感じるのならいい。

少なくとも、あの寮で始終揉め事を起こしていた当時よりは、ずっと表情は穏やかになった。

そして、この男は篠口が袴田の事件の被害者だとは知らないのだろうかとも疑った。

普通なら、ある程度は耳に入っていそうなものだが、生方――ひいては黒澤が、徹底して箝口《かんこう》令を敷いているかもしれないし、ほんのさわり程度に見た報道では、警察発表以外のことはいっさい世間的にも洩れていないようだ。

寮に在籍している特殊犯の連中も、仲間意識から黙っているのだろうか。

本当のところはどうだかしれないが…、と篠口は胸の内で予防線を張る。

「えっと、急な話ですみませんが…」

山下は声を潜《ひそ》める。

「うん、何？」

ちゃんと髭を剃《そ》って、髪も整えた穏やかな顔立ちは悪くない。身長もあるので、彼女でも捕まえたのか、すでに入籍でもしたのかと、篠口は山下に合わせて声のトーンを落とした。

「この間の土曜、渋谷《しぶや》の裏手を歩いてらっしゃいましたよね？」

「ああ、あの辺にいたの？」

黒澤といたところを見かけたのだろうかと、篠口は探りを入れる。

ええ、まぁ、仕事で…、と山下は頷いた。

「あの時、一緒に歩いてたのって、クロサワって人じゃないですか？　多分、公安所属の」

黒澤が公安であることも知っているのかと、篠口は答えないまま、山下を見返す。

「知り合い？」

尋ね返すと、山下は肩をすくめる。

「知り合いっていうほどじゃないですね」

この言いようだと、黒澤にいい印象はないのだろう。

「篠口さん、あのクロサワっていう人とどういう関係ですか？　今、特殊犯の事件で接点とかあるんですか？」

山下は、面白いぐらいにストレートに切り込んでくる。

逆にこの言葉を選ばないストレートさと、どこか困惑したような表情を見ると、クロサワに対する警戒心はあっても、篠口に対しては身内意識から案じての問いなのだとわかった。

「どういう意味だろう？」

まさか今の関係を正直に言う必要はないし、単に一緒に歩いていただけで何かを嗅ぎつけられたわけではないだろうが…、と警戒しながら、篠口はさらに曖昧に質問を返す。

「いや…、もしかして言いにくいことかもしれないし、気分を害されないといいんですが…」

うーん…、と山下は額に手を当て、やや考える様子を見せる。

「篠口さん、あの男に何か弱みをつかまれたり、脅されたりしてないですか？」

予想外の質問に、篠口はしばらく呆気にとられて山下を見たあと、苦笑した。

「いや？　大丈夫だけど、どうして？」

「あー…、前に俺、あの人絡みで組対に移されたんじゃないかってことがあったんで…。まぁ、尻尾はつかませないやり口なんですけど、それに言いまわしも独特っていうのか、あからさまな脅迫じゃなくて、君の協力が欲しいみたいなやんわりした言い方で…、しかも、その時の直接の窓口はクロサワって人じゃなくて、もう少し下っ端っていうか…」

山下は記憶を探るような目を見せる。

「でも、黒幕はクロサワって男なことは、間違いないです。なんで俺の異動に、公安の人間がしゃしゃり出てくるんだってのはあるんですけど」

数年前…、と篠口も当時の記憶を探る。

「その時、窓口になった別の人間っていうのは、僕の知ってる人？」

「…えーと、これも言いにくいんですけど…」

山下は一瞬顔をしかめたが、すぐに腹をくくったのか篠口をまっすぐに見てくる。

「峯神さんのお兄さんの方です」

「ああ、あそこの兄弟はあまり仲良くないって…」

「まぁ、そうなんじゃないですか？　俺、それ絡みで峯神さん、…えっと、弟さんの方をすごい怒らせたことあるんで」

「峯神君って、怒るんだ？」

へぇ…、と篠口は、当時私生活は荒れていたものの、寮内ではのらりくらりとしたつかみどころのない態度を見せていたあの男を怒らせたという山下に、別の意味で感心した。

そういえば、以前、寮で峯神と山下とが揉めたという一件で、始末を丸投げされたことがあったと篠口は思い出す。

その時も、峯神がいったんは自分が悪いと収めにかかっていた。

「まぁ？　あれは俺も悪かったんですけど」

山下は決まり悪げに肩をすくめる。

篠口は少しおかしくなって笑った。

「あれはひどいクリスマスだったよね？」

「色々ね…。…っていうか、あの時の寮の上のメンツはかなり最悪でしたよ」

篠口は同意こそしないものの、曖昧に笑っておく。

「山下君は、もう寮は出たのかな？」

「いや、まだいます。住宅費かからないのは、何よりありがたいんで。今はあの頃の上の人達もいなくなって、風通しよくなりましたよ。それに今は、自分達が最年長に近いんで」

思ったより屈託なく喋《しゃべ》る男だ。骨っぽい声だが、話し方も以前に比べればずっと明るい。

あえて他部署の篠口を訪ねてきてまで案じるほど、山下にシンパシーを持たれていたとは知らなかったが…。

「篠口さんは、寮、苦手だったでしょう？」

あまりに率直に山下が尋ねてくるので、篠口も否定することなく頷く。

「子供の頃に喘息持ちだったから、今も喉が弱くて、煙草《たばこ》が苦手なんだよ。ヘビースモーカー多かっただろう？」

それだけではないことはわかっているだろうが、山下はあっさり頷く。

「あー、酷かったですね。玄関入ったところが、すでに煙草の煙でかすんでることもあったし。今は寮長の荒木《あらき》さんが厳しく目ぇ光らせてるんで、パブリックゾーンでは禁煙が徹底されてますね」

「へぇ、変わるものなんだ」

篠口は目を丸くする。

「ええ、俺達ももうそろそろ最年長枠になってきて、前ほど縦関係に悩まされることもないですし。どうですか？　戻りたくなりました？」

「いや、いいかな、もう。戻ってもすぐに追い出される歳だしね」

「プライバシーないのはあいかわらずですしね」

山下の言いように、そうか…、と篠口は笑む。

そして、ここまで山下が篠口の気質なども見越した上で色々と本音で話してくれているのなら、黒澤に関しての探りもそこまで警戒しなくてもいいかと思い直した。

袴田の事件の被害者が篠口だから、と好奇心から寄ってきたわけでもないらしい。

どちらにせよ、黒澤と二人で歩いているところは見られているし、もとは黒澤自身が自分達は仲がいいから、私生活の方もサポートできると生方らに捩《ね》じ込んでいるのだ。

黒澤が山下に警戒され、不信感を持たれているのなら、それこそ黒澤の自業自得というものだろう。

黒澤なら、山下に不信感を持たれていたところで歯牙にもかけないだろうが…、と篠口は肩の力を抜いた。

「心配してくれてありがたいけど、黒澤さんのことなら、大丈夫だよ」

本当に?…、と山下は篠口の顔を案ずるように覗き込んでくる。

「ああ、僕が前、研修でいた部署があったんだけど、そこが自分向きじゃないなと思ってた時に、そこから出してくれたのが黒澤さんなんだよ」

山下は意表を突かれた顔となる。

「前の部署って…、公安ですか？」

キャリアだから他も行ってるのか、いや、あの歳ならまだ公安畑一本か…、と山下は刑事の顔に戻って、ざっと鋭く視線を巡らせる。

さすがに公安に一時的に所属したことは公言できず、篠口は曖昧に言葉を濁す。

「いや、僕も特殊犯《ここ》に来るまで色々行ったから…」

「ああ、アメリカもですよね？」

「うん、あれも多分、黒澤さんが噛《か》んでるんじゃないかな？　プロファイルの専任研修受けさせてもらって、ありがたいよね」

「ああ、そういう…」

　悪い関係ではないのかと、山下は頷いた。

　そして、首をひねる。

「それだと、前にあのクロサワって人に、『お前を捜査一課に戻してやる』みたいなことを仄《ほの》めかされたんですが、あれは案外本気だったんですかね？」

「そんなこと言われたの？」

「ええ、まぁ？　そのあとも一度…、まぁ、それは結局、二課への応援は一時的なものだったから、一課に戻れって言われた時に俺が話蹴ったせいなんでしょうけど、『一課に戻りたかったんじゃなかったのか？』みたいなことは言われましたね」

　うーん…、と山下は頭を掻《か》く。

「あの時はともかく得体の知れない悪魔みたいで、近づいちゃいけない相手だと思ったんですけど、案外、いい人なんですか？」

　そればかりはすぐには肯定できず、いや…、と篠口は口ごもる。

「どうだろうね？　そこまで善人ではないかな？　悪人でもないかもしれないけど」

　人を観察、分析して、まるでパズルのピースのように扱うようなやり方は、昔から一貫して変わらない。

だが、意外に人間的な一面があるのだと、最近になって知った篠口はひっそり胸の内で思う。

「まぁ、かなり得体の知れない人ですよね」

山下の本音に、つい最近まで自分も同じように考えていた篠口は頷いた。

「そうだね」

「いや、見かけて気になったんで来ただけです。困られてないなら、いいです。急に失礼しました」

頭を下げて行こうとする山下を、篠口は呼び止めた。

「山下君」

「はい？」

「立ち入ったことを聞くかもしれないけど…」

篠口は振り返った男を、目許をやわらげて見る。

「最近、誰か大事な人でもできた？」

図星だったのか、山下は照れたように苦笑する。

「どうしてです？」

「ずいぶん雰囲気が丸くなった」

それに、居住費が安くつくからと今も寮にいるのは、貯金のためだろう。結婚資金でも貯《た》めているのか。

山下は小さく歯を見せて笑った。

「向こうが大事に思ってくれてるかどうかはわかりませんが」

大事な相手がいることは否定せず、山下は去っていった。


黒澤と待ち合わせて帰宅するまでの時間に間があったので、篠口は同僚が帰ったあとの職場にひとり残った。山下との昼間のやりとりで興味を覚え、数年前からの庁内の人事異動を見ていた。三年前は捜査二課周辺でスライド人事、二年前は四課周辺で大幅な人事異動があったが、その際にはじき出された人間もいる。

うちのひとりは諭旨《ゆし》免職となっている。あまり評判のよくない人物だったようだが、免職前は辞めさせられないしがらみも色々あったようだ。

山下の応援異動は、この人間をはじくためのものなのだろうか。山下自身はあの歳で捜査一課にいたことを考えると、それなりに優秀だったのだろう。

それでも、山下自身が何かアクションを起こさないと動かない、かなりの搦《から》め手だ。

それとも、他にもいくつかの布石はあったのか。あるいは、山下を動かすために、あえて峯神の兄、そして黒澤が接触したのか…。

峯神の兄については公安の時によそのチームにいたのを少し知るだけだが、いかにも頭のよさそうな人物だった。温度の低い、突きはなしたような話し方をする人だったか…、と篠口は記憶を探る。

篠口が今のＳＩＴ《エスアイティー》に出されたあと、公安は外事関係でデータを流失させるなど、警察が大幅に面目を失うことも多かった。

確か、黒澤が理事官になったのは二年前、この三年前の人事の少しあとだと、篠口は思い出す。しばらくは、黒澤が理事官になったことすら知らされていなかった。

基本的に公安の動きは警察内部でも公表されないし、知ったところで関与しようのないものでもある。

基本は同じ組織でありながらも、まったく別の組織ともいえる部署だ。近いのは直接に指示を受ける警備部ぐらいか。

黒澤はまだ他部署との軋轢《あつれき》を極力除く宥和《ゆうわ》的な理事官だからこそ、『公安の外交官』などと呼ばれているのだろうが、別のあだ名は『モンスター』でもある。

四十手前にして理事官という役職についたその手腕も、あまりにしたたかなそのやり口や能力に対する恐れもこめてのものだ。

――知りたかったか？　それ。

理事官になったと知った時、どうして篠口にはその昇進を教えなかったのかと尋ねたら、黒澤に言われた言葉だ。

あの時も、あいかわらずの人を喰ったような笑みを浮かべていた。

時々、篠口よりも正確に篠口の気持ちを見越す男なので、あの時もその通りだと思う一方で、薄気味悪いような、居心地の悪い気持ちになった。

　正直なところ、知ったところでどうするのだという思いはあるし、あまり公安内部の人事については深入りしたくもない。

　だが、端《はな》から篠口には教える気も教える必要もないと考えたからこそ、何も言わなかったのではないかという疑念もあった。

　色々知りたいこと…、たとえば黒澤がもう待たないと言った以上、そして、黒澤の部屋へ来いと言った以上、黒澤の気持ちは十分にわかっている。

　今はどれだけの負担も込みで愛されているのかも、折々に見ることができる。

　ならば、自分はどうしたいのだろう…、と篠口は味気ない職場の天井を仰いだ。


　ずいぶん冷えこむ晩で、寒い日には鍋料理だと言う黒澤に合わせ、駅前の居酒屋で寄せ鍋を食べて帰った。

　帰宅後すぐ、風呂に湯を張る間、黒澤は病院に戻る際に買ったドリップポットでコーヒーを淹れてくれた。

　入居祝いだと黒澤が少し前に買ってくれたワイヤレススピーカーで、ピアノ曲を聴きながら、向かい合って香りの高いコーヒーを口に含むのは、悪い時間ではなかった。

喉を痛めやすい篠口のためだろう。部屋の空気が乾燥しているのではないかと置かれた加湿器が、ゆるく蒸気を吐き出しているせいもあって、部屋は篠口のマンションよりもかなり暖かい。

ただ、夜にカーテンがないのは気になるので…、と篠口はまだレースのカーテンのない南向きの窓へと視線を巡らせる。

「カーテンの色は決まったか?」

篠口の目の動きを読んだらしく、黒澤が目を細める。

「そうですね、そこの…」

篠口はリビングの壁の一面を指差す。

「その壁をグレイにしてもかまいませんか?」

「グレイ?」

黒澤はやや意表を突かれたのか、篠口が指差した壁を見る。

あまり驚いたり動じたりすることのない黒澤の、そんな表情を見られたことでやや胸がすく。

「ええ、少し濃いめの。若干ブルーがかっててもいいかな」

「海外では思い切った色の、たとえばブルーやオレンジ、グリーンの内壁っていうのは見かけるが、グレイだと部屋が暗くならないか?」

「ここは南向きですし、明るすぎるぐらい明るいですから。そこ一面だけなら、そうまで暗くならないと思います。グレイの上に絵や写真、棚なんかを置いても映えますし。逆に、カーテンはオフホワイトやクリーム色、ごくごく淡いライトグレイを持ってくると、夜も明るい」

へぇ、と黒澤は面白そうな表情を見せる。意外だったようではあるが、提案自体は楽しんでいるようだった。

「お前の好きにしていいって言ったのは俺だ。任せる。最近は輸入クロスも豊富だしな」

「かまいませんか？」

重ねて尋ねると、黒澤は肩をすくめる。

「いいって。クロスやカーテン選びにつきあえっていうなら、一緒に行くし」

「いえ、そういう意味ではなく…、ここ、前の奥さんのお父さんが買われたっておっしゃってませんでしたっけ？」

慰謝料代わりに受け取れと言われたとは聞いたが、カーテンはともかく、クロスまで替えたのに実はマンションの名義が違ったなどと聞かされるのはごめんだ。

この男に限って、そんな抜かりがあるとも思えないが、一応、念押しで尋ねてみる。

「俺だって、相応分は払ってるから大丈夫だ。もらいっぱなしにはしてない」

黒澤はそういう意味かと笑った。

篠口は少し黙ったあと、ひと呼吸置いて尋ねる。

「前にカードゲームで負けたら、何でもひとつ、僕の言うことを聞いてやるって言いましたね？」

「ああ、言ったな」

黒澤ははぐらかすこともなく、頷いた。

「別れた奥さんとのこと、ちゃんと聞いたことがなかったです。お名前はわかりましたけど」

「ああ…」

やはり連名で来ていた案内状には気づいていたのか、黒澤は小さく頷いたあと、篠口へと視線を当て直す。

「前にもう会ってるだろ？」

「…前？　いえ」

記憶を探るまでもなく、そんな機会はなかったと篠口は首を横に振る。

「正月の…駅前で会った…、覚えてないか？　俺がいとこだって言った」

「従兄弟…って、えっ…？」

紺のショートコートを身にまとった、やや小柄で細身の身ぎれいな男を思い出し、篠口は目を見開く。

「え？　奥さんのご姉弟…ですか？」

「いや、あれが別れた妻だった、俺の従姉妹《いとこ》だ。もとの名前は史子っていった」

「え…？」

しばらくは混乱して、篠口はマグを片手に考え込む。

「…男性かと思いましたが…、線は細かったですが…」

確かあの時、黒澤の親族にしては小柄だと思った。そして、何よりも黒澤とはまったく雰囲気が違うと思った。

だが、印象は最後まで悪くなかった。思い起こしてみても、今も物腰やわらかな知的な印象だ。顔立ちも目立ちはしなかったが、整っていたと思う。

「最近でいうインターセックスになるんだろうが、仮性半陰陽ってやつだ」

「仮性半陰陽…？」

「正確にはアンドロゲン不応症っていう」

思わぬ話にすぐには頭が切り替わらず、篠口は軽く混乱する。

「そういう話聞くと、まずは半陰陽っていう言葉に頭がいってしまうだろ？　人としての中身よりも、性別の曖昧な相手なんだってのが前提にくる」

篠口の反応も見越していたのか、どこか寂しそうな表情で黒澤は笑った。

「それは仕方がない。男か女か、はっきりわからない相手っていうイメージが先行してしまうのは…」

でもな…、と黒澤は目を細めた。

「でも俺にとってはずっと長い間、史子っていう頭のいい、ひとつ歳上の従姉妹だったんだよ」

その言い方ひとつで、黒澤という男が『史子』という歳上の従姉妹の存在をどれだけ大事にしてきたかはわかった。

そして、篠口はそれにどこか落ち着かない思いとなる自分にも気づいた。

「ずっと女の子として育てられてたし、親族もそういう認識だったからな」

　わかったのは思春期の頃だと黒澤は説明してくれた。

「史子の中ではずっと違和感はあったらしいんだが、思春期になって、まぁ、生理がないのはおかしいんじゃないかって婦人科に行って、色々検査してわかったみたいだ」

　そんなことを詳しく聞ける仲というのは、従兄弟同士だとしてもかなり特殊ではないだろうか。

「仲が良かったんですね」

「ああ、俺と史子？　そうだな、まぁ、嫌いじゃなかったからな、俺は」

　ああ、やっぱり…、と篠口は自分でも不思議な胸の痛みを覚える。

　ここしばらく、遠藤の時にすら覚えなかった、胸の奥が不安になるような気持ちだ。

　それでいて、冷えた冬の大気の中でガラス同士が触れあう澄んだかすかな音を聞いた時のような、やさしく痛みを伴う諦念だ。

「心配するな、向こうは何でも話せる同志のように思ってたんだと思うよ」

「同志？」

「ああ、なんていうのかな…、ああいうインターセックスっていうのは、性の在り所が人それぞれで一概に測りにくいところが、見た目以上に難しいんだろうが…、史子の場合は精神的にはずっと女である自分に違和感を抱いていたんだろう。本人の考え方自体は、元から男寄りだったんだと思うよ」

　思うよ、というこの男には珍しい表現は、黒澤にも実のところはわかっていないという意味なのだろうか。

　だが、はっきりと断定しないところに、今は黒澤なりのやさしさと労り、相手への誠意を感じた。

　そして、やはりそこに綺麗《きれい》で澄んだ痛みを覚える。

　同時に、誠実に当時の想いや史子との関係を話す黒澤が、同様の誠意を持って篠口の質問に応じていることも理解できた。

「男寄り…」

「ああ、厳しい家の一人娘だったから、見た目は髪の長い、本当に女らしく躾けられた優等生の従姉妹だった。話し方も、いつもきれいで丁寧だった」

　確かに駅で見かけた時、非常に控えめで感じのいい印象を受けたと篠口は思い出す。

　あの整った顔立ちで髪も長いなら、すらりとしたかなりの美人だったろうことは、想像に難くない。

　黒澤は当時の記憶を反芻《はんすう》するかのように、考えながら言葉を継ぐ。

「そう、感覚的っていうか、的には男で…、そのあたりは俺に対しても、そうだ。考え方が女じゃなくて、男だった。周囲に対して求めるものも…」

　見た目は女性として育てられているものの、精神的には男として、同性として、黒澤にも接していたというのが、軽く混乱する。

　そううまく考えられるのだろうかと思う一方で、考えられないからこそ本人や周囲が戸惑い、思い悩むのだろうかとも曖昧な見当をつける。

「検査に対する不安や、その複雑な検査結果を認めようとしない親、…特に父親への苦悩なんかを、腹を割って話せる親友に話すようなつもりで話してたんだと思う。とはいえ、もともとそんなに色々事細かに喋るタイプじゃなくて、自分の中で全部ひとりで整理しようとするタイプだから、あれこれと聞いたわけじゃないけど」

「親友…」

不思議な関係だと、篠口はその黒澤の告白を聞く。

黒澤の方は間違いなくひとつ歳上の頭のいい異性の従姉妹への恋慕、そして相手は同性の親友としての感覚だったという。

しかし、きっと黒澤が認めるほどに頭のいい相手なら、黒澤の気持ちは察していただろうし、結果的に結婚という形を受け入れたなら、向こうにその気がなかったといえるだろうか。

でも、駅で見かけた時には、まったくそんな下心めいたものは感じなかった。

とても丁寧で印象のいい会釈、そして、人の波に紛れていった、過去に対する未練も何もなさそうな、まっすぐに伸びた背中。

不思議で、曖昧で、ひと言では白黒つけがたい関係だ。

とはいうものの…、と篠口は苦笑する。

「その心配するなっていうのは…」

さっきの黒澤の言いようは、まるで自分が史子にやきもちを焼いていることが前提ではないかと篠口は抗議する。

だが、黒澤はそれすら見越しているかのように、篠口を見る目をやわらかく細めただけだった。

篠口は居心地が悪くなって、男から目を逸《そ》らす。

それでも、中途半端に話を終えるよりは、今、聞けることはすべて聞いてしまおうと、混乱しかけた思考を頭の中でまとめる。

「それって、あの…立ち入ったことを聞きますが、今、奥さんは黒澤さんと別れて、男として生きられてるっていうことですか？」

「ああ」

黒澤はそこだけははっきりと、短く肯定した。

「前に、『仕事が忙しくて家に帰らなかったら、女房が家を出てってた』って…」

「まぁ、こんな込みいってナイーブな話、誰にでも打ち明けるわけにもいかないしな。もともと従姉妹同士の結婚って、あまり体裁がよくないっていうか、人によっては微妙な反応するだろう？　血が近すぎるって」

対外的には結婚生活をうまく維持できなかったと自分を落として、別れた妻を守るための言い分だったのか。

おそらく、この男は従姉妹との関係については、篠口が尋ねなければ黙って墓場まで持っていくつもりだったのかもしれない。

また、実際にこの話を当時の黒澤に打ち明けられていたとして、自分が真面目に受けとめたとは思えない。

それがその時の篠口と黒澤との精神的な距離でもあり、それを長く埋めようとしなかったのは、自分にも責任があっただろうかと篠口は自問する。

黒澤は待つのも嫌いではないので、待っていたと言っていたが、それを額面通り受け取るつもりはないとひねくれて、また関係をこじらせるのは利口ではないのだろう。

去年の末、病院でもう待たないと言ったのも黒澤だ。少なくとも、この男は今、誠実に篠口に向き合ってくれている。

そして、浅香の死を引きずったまま渡米し、戻ってきてからはＳＩＴに異動してきた遠藤の中にその浅香の影を追っていた篠口を、確かに黒澤は待っていたのかもしれない。

そのあたりは黒澤と史子との関係もあるのかもしれないが、黒澤が史子に対して残した未練を今の篠口が責めるのも筋違いだ。

多少の不安と、胸の内で澄んだかすかな響きを伴う痛みは覚えるものの…。

「奥さんはその…、手術とかされてるんですか？」

見た目には細身でも男に見えたし、化粧っ気もまったくなかったが、ジェンダーやセクシャリティはひと言では説明できない。

「さぁ…、もう夫婦でもないから、そこまで立ち入ったことは聞いてない」

黒澤は首をひねった。

少なくとも、出ていった時には女性であったということなのか、それとも…、と篠口は口をつぐむ。

「それに奥さんって言うが、今はもう名前も史人《ふみと》になった、ひとつ歳上の男の従兄弟で…」

黒澤はしばらく考え込む。黒澤自身が真剣に考え込む様子を見るのも、初めてではないかと篠口は新鮮な気持ちになった。

「…そうだな、感覚的にはもう俺が好きで結婚したかった女はこの世には存在しないんだ」

「…そうなんですか？」

ますますぐには理解できない関係、理解できない考え方に、篠口はとっさに言葉を失う。

そういうもんだよ、と黒澤も苦笑する。

「もともと史子に居場所を作るっていうか、逃げ場を作ってやるための偽装結婚だったんだ。あの時、史子には男として好きな相手、つまり好きな女性もいた」

「偽装結婚って…」

「父親が厳しくて、箱入りで育てた大事な一人娘が、そんな仮性であっても今さら半陰陽だとか、セクシャリティは男でありたいとかだなんて認める人じゃなかったからな。外聞も悪い、適齢期になったら、わけのわからないことを言わずにさっさと嫁に行けってプレッシャーかけて、いくつも見合い話を持ってきてっていう…。確かに、実際には親にとっても受けとめるのは難しい話なんだろうけども…」

理解しがたかったのだろうかと、篠口は想像する。

これまでずっと女で育ってきたし、仮性ならばホルモン投与や多少の手術をしてでも女になればいいなどという考え方だろうか。

確かに厳しい昔気質《かたぎ》の家庭や、面倒ごとを嫌う家、子供がずっと優等生であった場合など、ジェンダーの問題については、一般的な家庭よりもさらに話がこじれそうだ。ただでさえ正解のない難しい話が、よけいに難しくなるのはわかる。

「俺もキャリアとして入庁してたし、だったら、俺とだったら従姉妹同士の結婚っていう体裁の悪さはあるかもしれないけど、肩書きだけなら親父さんも文句は言わないだろうって…。まぁ、当時は俺にも多少の下心はあったのかな？　いずれは振り向くんじゃないかっていう…」

俺、諦めが悪いからな、と黒澤は他人事《ひとごと》のように言う。

「でも、向こうにとってはそんな俺の下心も重かったんだと思うよ。だから、向こうの親父《おやじ》さんが亡くなったら、婚姻関係も解消した」

言いだしたのは相手からだったのか、それとも黒澤からだったのか。

案外、黒澤からかもしれないなと篠口は思った。

篠口を公安から逃がした時のように、苦しいなら逃がしてやると言って、その背中を押したのかもしれない。

そんな男だ。

それは篠口もよく知っている。

そして、自分がどれだけそれに救われていたのかも…。

「黒澤さんは…、それでよかったんですか？」

喉奥につかえた苦しさを押し出すように尋ねると、黒澤は笑った。

「当時はそれでもよかったんだよ。俺がそうしたかっただけだから」

篠口はとっさにそのあとのフォローの言葉が出なかった。

いつもの憎まれ口すら、とても叩《たた》けなかった。

ただ、そんな込みいった事情の相手を愛し、受けとめて解放した黒澤の胆力には、ゆるやかに胸のつかえもほぐれてゆく。

さっきから幾度となく感じた小さく煌めくような胸の痛みも、同時にやわらかく溶けていった。

しばらく考え、篠口は微笑む。

「お風呂入りませんか？　背中流しますよ」

飄然と篠口の問いに答えていた黒澤も、それはまた…、と小さく笑った。

「ずいぶんなサービスだな」

「そうですね」

でも…、と篠口はつけ足す。

「疲れているときには悪くないですよ？」

黒澤は整えていた前髪を指先で乱した。

普段は鉄面皮な男が見せたそんな仕種に、篠口は照れ隠しだろうかと思ったが、あえては口にしなかった。

指摘すると、黒澤がようやく見せたやわらかな部分があっという間に隠されてしまう気がした。

「お前、体調はいいのか？」

「悪かったら、背中流すなんて言いませんよ」

篠口の憎まれ口に黒澤は笑うと、自分のマグと篠口の空いたマグとを持って立ち上がる。

「じゃあ、頼もうかな」

「ええ、先に入っていてください、それを洗ってすぐに行きます」

篠口も立ち上がると、男は頷いてマグを流しまで運んだ。


篠口が浴室に足を踏み入れると、男はちょうど髪を洗っているところだった。

「少し体重戻ったか？」

篠口にシャワーを渡しながら、男は尋ねてくる。

「ええ、最近、けっこう食べてますしね。退院してから、食には恵まれてるから」

何だかんだと、黒澤がきっちり食事をさせるからだ。以前は朝食は気が向けば取る程度に言っていたのに、毎日、当たり前のように用意される。

職場に出れば訓練もある。最初は無理をしないように言われていたが、最近では通常訓練に戻っていた。ランニングや腕立て伏せ、腹筋、懸垂などもあって、筋量もそれなりに戻ってきている。

篠口は手渡されたシャワーで掛け湯を終えると、シャンプー途中だった黒澤の髪を流す。

「黒澤さん、頭の形もいいんですね」

「そうか？　頭の形までは、さすがにどう見えるのか知らないな」

顔も身体つきもバランスがいい男だ。黄金比とでもいうのだろうか。すべてが絶妙なバランスを保っているために、目鼻立ちも目立っていいのだろう。

「でも、お前に洗ってもらうっていうのは、悪くない」

「そうですね、僕も人の髪を洗うのは初めてですけど」

「…そうなのか？」

「ええ」

トリートメントを終えると、篠口はスポンジにボディシャンプーを取り、黒澤の首筋から洗いはじめる。

やや潔癖なところもあるので、これまで基本的にあまり他人とプライベートスペース、バスルームなどを共有したくなかった。

だから袴田に、入浴時にかたわらに来られて不快だったのかと篠口は思う。

あの時は嫌だったが、今は…、と腕を伸ばし、背後から引き締まった黒澤の身体を抱く。

「どうした？」

思いもよらぬほどやさしい声で、男は背中からまわされた篠口の腕を、とんとんと軽く叩く。

「…いえ」

この男の体温はこんなにも愛《いと》しく、心地よい。

篠口は小さく笑うと身を伸ばし、黒澤のこめかみあたりに口づけた。

黒澤が腕を伸ばしてくるのに応じ、スポンジを手にしたまま、体勢を変えて向かい合うようにしてそっと抱き合う。

座った黒澤の膝に乗り上げるようにして、全身をやわらかく抱きとめられながら、幾度か丹念なキスを交わした。

「したいな」

とろりと溶けるようなキスの合間に男の瞳を上から覗き込み、欲望をそのまま口にすると、黒澤はくすぐったそうに笑った。

手からスポンジを取り上げられ、相応に肉感の戻った身体を丹念に洗われる。

途中、キスが降ってくるのに応え、石鹸《せっけん》の泡に任せたやわらかく繊細な愛撫《あいぶ》に身を委《ゆだ》ねていると、徐々に互いのものが熱を帯び、形を変えてくる。

シャワーで泡を流し合うと、篠口は男を浴槽の縁に座らせ、黒澤自身をゆっくりと口に含んだ。

あっという間に質量を増した黒澤が、口の中いっぱいに膨れ上がる。それに愛おしく舌を這《は》わせながら、ところどころ甘噛みする。

「…っ」

時折、黒澤が息を詰めるのが満足だ。口中を満たす男の質量が、たまらなく心地いい。

湿った篠口の髪をかき上げながら、同じように髪を湿らせた黒澤は喉奥で笑った。

「お前、本当に…」

質《たち》が悪いと言ったのか、巧《うま》いと言ったのかは、殺した低い声が不明瞭で聞き取れなかった。

口腔《こうこう》に余るものを濡れた手で弄《もてあそ》びながら、篠口は一度男から口を離し、黒澤を見上げる。

「一度、出ませんか？」

「何だ？　こんな中途半端なところでやめると、襲うぞ」

黒澤の言い分に、浴槽から身を起こした篠口は、からかうようにその膝に向かい合う形で乗り上げる。

「襲われるのは、黒澤さんかもしれませんよ？」

へぇ…、と篠口を抱きとめながら、黒澤は目を細めた。

「それも悪くないな」

「でしょう？」

応じたところを、下から強い力で抱きしめられた。

篠口は自身も黒澤の首筋に腕をまわし、濡れた髪をかき上げながら笑った。

濡れた身体を互いにバスタオルで拭うのもおざなりに、ベッドの上にもつれ込む。

「お前、これをどうにかしろよ」

責任取れと、篠口に上から乗りかかられた黒澤は笑いながら、昂《たかぶ》りの収まらないものを篠口の下肢に押しつけてくる。

「責任取りますよ」

篠口も笑うと、入浴前にサイドテーブルに置いておいたジェルを手に取り、手のひらでゆるく温めてから黒澤自身に塗りつける。

そして、自分の太腿に押しつけると、すでに形を変えている篠口自身と重ね合わせながら、思わせぶりにゆっくりと動く。

「本当にお前、質悪いな」

くっそ…、と珍しく黒澤は小さく舌打ちして罵る。

「でも、悪くないでしょ？」

誘い込むように両脚の間に挟み込んでは、じわじわと嬲《なぶ》るように動くと、仰向《あおむ》けのまま篠口の腰に手を添えた黒澤は低く笑った。

「焦らす気かよ？」

「待つのは嫌いじゃないって言ったじゃないですか」

「いいね、その小生意気さ。嫌いじゃないよ」

やはり憎まれ口を返す男に、篠口はゆっくり笑いかけ、身を倒して口づける。

唇を合わせると、丁寧なキスが返された。互いに舌先を絡める間も、大きな手が愛しげに首筋を撫《な》でてくれる。

やわらかく舌を絡めると、身体の奥が蕩《とろ》け出すような熱っぽい感覚を覚える。どうしてここまで気持ちよくなるのかと思えるほどのキスの合間も、煽《あお》る動きと共に互いに少しずつ身体の輪郭を探り合う。

引き締まった黒澤の身体のラインが好きだ。篠口よりもやや高い体温も好ましい。

あえて篠口の愛技を封じず、今は自由に任せてくれることも、そんな余裕も…、と篠口は目を細めた。

「何だ？」

下から篠口を見上げる男が、キスの合間に篠口の顎先を指でくすぐり、尋ねてくる。

「僕も嫌いじゃないですよ」

黒澤さんが…、と笑うと、本当に憎たらしい奴だなと抱きしめられる。

男の大きな手が背中から腰へと這ってくる。

臀部《でんぶ》をこねるように握りしめられ、興奮に息が弾んだ。

荒い息で黒澤の肩に手をかけると、からかうように尋ねられる。

「今日は怒らないんだな」

篠口は許諾の代わりに、薄く笑いの形に唇を開いた。

蕩けたジェルに濡れた無防備な箇所に、男の指が這ってくる。

ゆらゆらと騙《だま》し騙し円を描くようにやわらかく、思わせぶりに撫でられる感触には、背筋が軽く痙攣するような際どさがある。

「ん…っ」

ぬるりと入り込んできた指先に、息を浅く吐き、極力力を抜いてその先を許す。濡れた音と共にゆるゆると内側を慣らすように指先が妖しく蠢《うごめ》く。

「…はっ」

跨《またが》った不安定な体勢で下肢を男のするに任せながら、篠口は再度キスを求めた。

「ん…っ、…んっ」

本能的に逃げかける腰を意図的に開き、最も敏感な箇所を内側から辿ることを許す。

ゆっくりと時間をかけた巧みな指使いに、不安定で甘い快感と不快感とが交互にもたらされる。

そこへぬらりと指が増やされ、さらに内側を穿《うが》つ質量が増え、脆い箇所が開かれる。

「…あっ！」

内部を裂くような尖った快感に、思わず甲《かん》高い悲鳴が洩れた。

「キツいか？」

ちゃんと言えよ、と思わぬやさしい言葉が、キスの合間にあやすようにささやかれる。

「気持ちは…ぃ…のか、悪いの…か…」

「ああ…、そうだな」

呻きに似た声が切れ切れに喉から洩れる中、歪《いびつ》な快感に腰をゆらめかしながら正直に訴えると、甘やかすように男は目を細めた。

ここまで甘やかされるならばいいかと、篠口もその目に笑いかける。

「…ぁ」

黒澤の首に縋った体勢のまま、下肢に手を伸ばし、二人の脚の間で昂った男のものをまさぐるようにして導く。

「…いいのか？」

篠口の身体をしっかり抱きとめながら、黒澤はなおも甘やかすように尋ねた。

かろうじて小さく頷くと、内側を圧《あっ》していた指がぬるりと抜かれる。

「…ん…ぁ」

圧迫感からの解放に無防備な声が洩れるのも束の間、素早いゴムの装着のあと、指よりもよほど熱く質量のある大きなものが押しあてられる。

「ぁ…あ…」

無理かもと思ったが、腰が逃げるよりも先にしっかりと身体を捉えられ、強烈な圧迫感と共に黒澤自身が沈み込んでくる。

「…ぁ…」

多分、絶妙なタイミングを見ていたのだろう。

たっぷりまぶしていたジェルと篠口自身の自重もあって、徐々に体奥が男に侵略されてゆく。

一度入り込まれてしまうと、黒澤の上に跨った体位のままでは、無理だと思っても逃れられなかった。

「ぁ…、…ぁ」

切れ切れの細い声を上げ、篠口は下から穿つように入り込んでくる質量に耐える。

知らず仰《の》け反《ぞ》る首筋に、ゆるやかに黒澤が歯を立て、喉許を舐《な》め上げてくる。

それすら甘い刺激になって、篠口は濡れた声を洩らした。

勝手に下肢が震え、徐々に男を深く呑み込んでゆくのが自分でもわかる。

「ぁ…、も…、…ぁ…」

「狭いな、お前。それに熱いな、内っ側は…」

満足そうな声を洩らし、篠口の背筋を支えた黒澤がさらに深く腰を抱き寄せる。

「もぅ…？」

「まだ、もう少しだな」

すべて入ったのかと尋ねかけたのを巧みに読み、黒澤はそっと篠口の乱れた髪をかき上げてくれる。

「ん…、ん…」

自分でも逃れたいのか、すべてを委ねきってしまいたいのかわからないまま、篠口はいくらか身体を捩《よじ》ってみる。

しかし、慣れない受け身でこの体勢ではほとんど身動きすることができず、あまりに辛いと篠口は黒澤の肩に縋ったまま訴えた。

「じゃあ…」

黒澤はそれなりに体重のある篠口を深く抱き込むと、一度、ゆるりと根本近くまで黒澤自身を抜きかける。

「あぁっ…」

ぬるぅっ…、と濡れて太いものが出てゆくその脆く危うい感覚に、思わず口を覆いたくなるような甘ったるい声が洩れた。

「抜かれるのに弱いのか」

篠口の背筋を支えて無理なくゆっくりと体勢を変えながら、へぇ…、と男は楽しげに言う。

「…やめてください、それ」

「そうだな、まずいよな？」

涙目の篠口の身体をベッドの上に仰向けに開きながら、男はぬらりと自身を沈めてくる。

「あ…っ」

角度が変わったせいか、下から内臓を突き上げてくるような強烈な圧迫感ははるかにましになり、逆にさっきまではなかった黒澤自身の動きに沿って疼《うず》くような快感が明確になる。

「…ぁあっ！」

男の質量に合わせて、勝手に内側が蕩けるような快感に、篠口は目を見開いた。

「待てよ、もう少し…」

男は艶っぽい顔で篠口の片脚を抱え上げ、無防備になった箇所をゆるゆると突く。

「あっ…、やめ…っ」

緩慢であってもあまりにダイレクトな刺激に、ほとんど悲鳴に近い嬌声《きょうせい》が洩れる。

反射的に逃げようとずり上がるのを押さえこまれ、さらに数度腰を送り込まれると、篠口は身体を仰け反らせるようにして泣き声を上げた。

「やっ…、ぁっ…」

喉に絡む甘ったるく高い声が、次々と勝手に喉奥から洩れる。

突き込まれるたびに強烈な快感が生まれ、身体が跳ねる。

引かれると、その危うく頼りない感触に悲鳴が上がる。

「やっ…、やめ…っ」

助けてほしいと、甲高い悲鳴が洩れた。

ぬらぬらと男が内側から下腹を圧しながら動くのが怖い。その動きに快感と共に揉まれ、引きずられるのが怖い。

内側を穿《うが》たれる怖いほどの快感に怯え、篠口は夢中で男の身体に四肢を絡める。

「あっ…、はっ…！」

いい子だ、と男が笑いながら篠口を抱きとめる。

動かないでほしいと、濡れた悲鳴と共に泣きながら男の名を呼び、何度もその肩を拳で打った。

それでも無防備な自分を完全に委ねること、それがこんな快感と感覚を生むとは…、と次々と濡れた声を上げながら、篠口は男の背に爪を立てた。


明け方、すでに明るくなりはじめた部屋で、篠口は目を覚ました。

目覚ましを確認しかけ、今日が土曜であることを思い出す。

だが、黒澤は出勤しなくていいのだろうかと、篠口はかたわらでこちらに顔を向けて眠る男の顔をしばらく息を詰めて眺める。

そして、そっと身を伸ばして、形のいい唇に口づけた。

「…ん…？」

珍しく、まだどこか完全には目を覚ましきっていないような表情で、男が瞼を開く。

篠口は腕を伸ばし、その髪から輪郭をそっとやわらかく撫でた。

「…起きたか？」

さっきよりはちゃんと意識のあるような声と共に男は篠口を見ると、愛撫に応えるように腕を伸ばし、そっと髪や肩を撫でてくれる。

「土曜ですけど、出庁はいいんですか？」

「ん？　今日は別にいい。また、犬見に行くか？　…カーテンもか」

互いの息もかかるほどの位置で、まるで睦言《むつごと》のように、男は篠口の瞳の奥を覗きながら、いつもよりも甘いトーンでささやき、目を細める。

「ねぇ、黒澤さん？」

「何だ？」

「ひとつ、お願いがあります」

篠口の声のトーンは睦言の延長のようなものだったが、男は今度はさっきよりもはっきりとした視線で篠口を見つめ返してくる。

「ああ」

頷く相手に、篠口は尋ねた。

「もし、僕がいつか前後不覚になって…、延命措置がなければ生きられなくなった時…」

篠口は以前、遠藤に問われて困惑したことを思い出す。あの時の自分は、仮定の話であっても遠藤の言う状況と向き合うのが恐ろしかった。浅香を失い、さらに遠藤が目の前から消えることを考えることが怖かった。

そして、そんな決断などとても下せないと思った。

だが、今は遠藤が望んだものがわかる気がする。決断そのものよりも、遠藤が望んだのは自分の今後の人生をありのままに受けとめてくれることなのだろう。

そんな人間が自分にはいると思えば、まだ自分は前に進める…、遠藤はそんな意味のことを言っていなかっただろうか。

篠口は薄く笑った。

あの時、遠藤が求めたものが、今は自分にも理解できる。

「黒澤さんは…、僕にとどめをさしてくれますか？」

黒澤は篠口の問いを一度頭の中で反芻したようだったが、一度瞬くと口角をゆっくり引き上げた。

「お前が、そう望むなら」

正確に篠口の意図を把握したらしき声で応じると、男は再度篠口の頬を指先でなぞった。

自分の言った意味はちゃんと通じたのだなと、篠口もやわらかく口許をゆるめる。

それだけのことなのに、驚くほどの安堵に胸が満たされる。これまでどこか虚《うつ》ろだった箇所に、温かくやさしいものが満ちていくような安心と充足感だった。

「…僕よりも先に逝《い》かないでください。残されるのはごめんです」

篠口のささやきに、黒澤はしばらく篠口の顔を眺めていたが、やがてフッと笑った。

「俺が死ぬようなタマに見えるか？」

「そうですね…、それは確かに」

笑い返してやると、お前もいい性格をしていると言い返されるかと思ったが、代わりに身体ごと強く抱き寄せられた。

「心配するな、約束は守る」

必ずだ、と篠口の頭をしっかりと抱いた男はささやいた。

四章

I

その日の事件の発生は、谷崎による部内での座学中のことだった。

普段よりも険しい顔の生方が入り口から顔を覗かせ、谷崎に耳打ちする。谷崎は頷くと、声を張った。

「注視！」

全員が生方へと顔を振り向ける中、生方の低い声が響く。

「出動だ、至急用意！　詳細については、車内にて説明する」

生方の号令から、全員がアサルトスーツに着替えて装備や機材を整えるのに、十分とかからなかった。

緊急出動のためのバスには、すぐに羽島管理官が乗り込んでくる。

「拳銃と複数の凶器、灯油缶を持った犯人が、人質数名を楯に台東区《たいとうく》の雑居ビルに立てこもっているらしい。現在、その凶器については確認中だが、拳銃はトカレフではないかという話だ」

サイレンを鳴らして駐車場を出たバスの中で、管理官はモニターに映し出された細長いペンシルビルを指す。

「見ての通り、間口が非常に狭く細長い建物だ。この建物の四階、小規模の金融業者――いわゆる『街金《まちきん》』が現場だ」

管理官の解説に、誰ともなく納得したような空気が流れる。

追いつめられた債権者、あるいはその街金に恨みを持った人間などがほとんど捨て身で立てこもっているのだろう。追いつめられた人間ならまだいいが、怨恨による籠城ならば、説得もあまり意味をなさないことが多い。

むしろ、拳銃ばかりでなく、灯油缶まで持ち込んでいるとなると、囲まれていよいよ逃げ場がなくなったと犯人が考えた時、捨て鉢になった場合の選択肢は見えている。

「この雑居ビルが厄介で、現状、消防署への届け出図面はあるが、届け出後に勝手にパーティションなどで区切られてしまう例が多いため、図面はあまりあてにはならない」

それも非合法、あるいはすれすれの商売をやっている業者などには多い話だ。突入前に極力内部の構造や人質の居場所などを探る時間も、余分に必要となる。

遠藤が率直に尋ねる。

「ＳＡＴではなく、ＳＩＴ《我々》ですか？」

生方は頷く。

「そうだ。極めて危険な事態だが、人質のいる以上、まずは説得だ」

「了解しました」

遠藤は低く応じる。

端的にいうと、制圧ではなくまずは説得という形を取るということだ。相手がテロリストでない以上、ギリギリの判断かと篠口は思う。その判断も上層部によるのだろうが、犯人が単独犯であることから、ＳＩＴが選ばれたのだろう。複数名の組織犯なら、おそらく即時にＳＡＴを出動させる。だが、警察にとってはとっておきの虎の子部隊であるＳＡＴは、他のテロ組織に手の内を知らせないためにも、やはりギリギリまで出したくないものだ。

「谷崎、関口、犯人説得にあたれ。何をおいても、まずは人質解放だ」

次いで生方はちらりとこちらを見た。

「狙撃には篠口、平。配置場所を確認中だが、おそらく向かいのビルに配置となる」

指名された篠口は、平と共に背筋を伸ばす。

「突入には屋島、宮津、遠藤、神宮寺だ」

四人も姿勢を正した。

「ガソリンよりはマシだが、灯油も非常に危険だ。灯油に何か混ぜられていれば、揮発性も上がる。危険度も増す。もし、灯油が撒《ま》かれるような事態になれば、ただちに犯人確保、あるいは制圧にかかる」

氷点下でも気化するガソリンに比べれば、灯油の気化温度は四十度近い。今の気温なら、通常であれば、撒かれてすぐには気化しない。火のついたマッチを落としたぐらいなら、火の方が消えてしまう。

だが、マッチよりも大きな火種を近づけられれば、話は違う。じわりと火に炙《あぶ》られて周囲の温度が上がれば、灯油もあっという間に気化して燃え上がる。さらにその灯油に可燃性の高い液体が混ぜられていれば、条件次第では爆発に近い形にもなる。

そうなると、犯人確保などと言っている余裕がない。

しかし、確保はともかく…、と篠口は思った。

制圧となれば、実際に警告なしの射撃命令が下される。

その際には外国のように即時射殺とはならないが、腕や脚など、致命傷にならない箇所を狙って犯人の動きを止めることが要求される。

篠口もこれまで何度か狙撃班として配置されたことはあるが、幸いにして、まだ実際の射撃命令が下されたことはない。

これまでは突入組が優秀だったせいだろうが、現場に灯油があるという今回はどうだろうか…、と篠口は今日も淡々と落ち着いた表情を見せる平を見る。

ＳＡＴに所属していた平は、同じ狙撃配置であっても篠口とは腹の括《くく》り方が違うのだろう。命令が下れば迷うことなく任務をこなす覚悟が、その様子から窺《うかが》えた。

そんな歳下の平よりも、自分はもっと青い顔をしているのかもしれないな、と篠口は薄く唇を歪めた。

現場に着いてみると、犯人の立てこもっているのは細長いビルで、確かに生方の説明通り狙撃に適しているのは道路を挟んだ向かいのビルのひとつ上の階だった。

幸いにして、この時間帯は逆光になるため、犯人のいるビルからは向かいの建物の中が見えなくなる。犯人側よりこちらのビル内が視認できないように部屋の照明を消し、篠口が平と共に狙撃準備を整えていると、関口がすぐ側までやってきて低く尋ねた。

「いけるか？　篠口」

この間より精神状態ははるかに落ち着いていて、今は平静だと篠口は頷く。

篠口と平のかたわらには、すでに特殊部隊支援班の仕事により、金融業者内部の監視カメラ映像や、階下の同じフロアから望遠で捉えた現場内部の映像を四分割画面で映すモニターが設置されている。

人質の周囲を神経質に歩き回る犯人の様子が、モニター内で確認できた。拳銃と左手にはバールを提げている。灯油缶は側にはなく、まだ入り口近くに置かれていた。

内部の音に関しても、今、換気口から集音マイクを入れているはずなので、管理官や生方のいる指揮班にはまもなく音声も入るはずだった。

「大丈夫です」

指揮班の方へとモニターを切り替えると、生方のかたわらから、谷崎が気遣わしげにこちらを見ている。

関口が声をかけにやってきたのは、その谷崎の意向だろう。篠口はモニターの向こうの谷崎に向かっても頷いてみせると、谷崎はわかったとばかりに右手の親指を立てて見せた。

「警備部の射撃班が応援に向かっているが、到着にしばらくかかるようだ。頼んだぞ」

関口も篠口の背中を小さく叩くと、生方らのもとへと戻ってゆく。

警備部からの応援となると、すでに黒澤の耳にも事件は入っているだろう。

この特殊犯に異動させてくれた黒澤の期待を裏切らなかったと、見てくれだけの優男ではないと、はたしてあの男に言わせることができるだろうか…。

篠口は目を伏せ、静かな深呼吸を繰り返すと、バイザーを上げてモニターを眺めた。

立てこもった男は、風俗店も含めたいくつかの飲食店の経営者だった。今回の金融業者に債務者として借りていた資金が焦げ付いたのが、犯行理由のようだ。店は業者にすべて差し押さえられているらしく、それでもまだ返しきれない借金に自暴自棄になったのか、業者と話がこじれて逆上でもしたのかは不明だった。

もともと頭に血が上りやすい男なのか、それとも店を取られたとそれだけ金融業者に対する深い恨みがつのってのことか、拳銃の他、バールやハンマー、鉈《なた》といった武器まで持参してきていた。

銃はやはり大型のトカレフで、つきあいのある暴力団から入手したもののようだった。暴力団関係者とも繋《つな》がっているあたり、価値観もそれに通ずるものがあるのかと篠口はモニター越しに男の様子を観察しながら思う。

谷崎による説得は、生方や羽島が案じていた通り、難航した。

三人いた人質のうち、一番体格のいい男性ひとりは解放されたが、手足をすべて縛られ、床に転がされた男性ひとりと、両手首に手錠とそれに繋がる鎖をつけられた上で、拳銃を突きつけられ、犯人の言うがままに動かざるを得ない女性事務員が残されている。

厄介なことに、人質男性を追い出すような形で部屋から出したあと、犯人は交渉のための電話が鳴ることに苛《いら》ったらしく、女性事務員に命じ、一方的に事務所内の電話線をすべて引き抜いてしまった。

その後、腹いせに人質男性の身体を数回、バールで殴打し、女性の甲高い悲鳴と泣き声が上がる。

指揮班の雰囲気が一気に変わったのが、無線越しに感じられる。

しかし、現場を道一本挟んで俯瞰《ふかん》できる場所に配置されているせいか、それとも男の激昂《げっこう》してわめく音声を指揮班を経由して聞いているせいだろうか、篠口はいつもより平静でいられた。

普段、交渉係として谷崎らの横にいる時よりも、若干の冷静さを持って平と共に状況を見ることができていた。

むしろ、今は犯人に交渉を一方的に打ち切られ、内心穏やかではないだろう谷崎を案じていた。危なっかしい舵《かじ》取りを任されている谷崎の胸の内を考えると、今は及ばずながらもその一助になりたいとすら思う。

――突入班、狙撃班用意。

生方の指示を聞いても、気分は平静だった。この間のような動揺もない。

窓側からは神宮寺と遠藤、事務所入り口側は屋島と宮津が入るという。すでにビルの屋上には、降下ロープを握って待機中の遠藤や神宮寺の姿が見えた。

――突入。

生方の命《めい》で、神宮寺と遠藤がわずかに壁を二蹴りほどで、音もなくビルの屋上から降下する。

窓を蹴り割ると同時に、部屋の内部へ滑り降りた神宮寺と遠藤の動きは、いつもながらに映画などよりもさらに無駄なく、なめらかなものだった。

『何だぁっ!?』

バールを手にしていた犯人は苛立ったような声を上げると、ポリカーボネートの楯を構えた神宮寺らが降りた窓へと向かう。

男は神宮寺に向かって、手にしていたバールを投げつけた。

――ガツッ！

激しい音はしたものの、バールは構えた楯に跳ね返る。そんな男の反応も、冷静な神宮寺の構えも想定内だった。

だが、そこから続いて男は足許に置かれていたゴミ箱を手に机の上に駆け上がると、その中身をゴミ箱ごと神宮寺に向かってぶちまけた。

何…？　とゴミ箱の中身とは思えぬものに、篠口はモニターを二度見する。

神宮寺も単にゴミ箱を投げつけられるのだと判断してよけなかったのだろうが、驚いたことにその中身は透明な液体だった。

――…っ！

誰かが大きく息を呑む音が、無線から伝わってくる。

灯油…!?

神宮寺がまともに上からかぶった液体に、篠口も目を見開いていた。

うなじのあたりがゾワリと逆立つ。

机の死角で確認できていなかったが、男はすでに持参した灯油缶の中身を一部、ゴミ箱に入れていたらしい。

――退避っ！

楯越しに液体をかけられた神宮寺は短く声を上げ、身を捩って横に転がる。

その叫びと共に、遠藤も身をひねって一気に後ろに数歩分飛びすさった。

続いて神宮寺も転がった場所から窓側へと後ろを向くこともなく、楯を構えたまま後退する。頭からかけられた液体が、その動きと共に床に滴った。

『来るなっ!!　殺すぞっ、どいつもこいつもっ！　お前らもだっ、人を馬鹿《ばか》にしやがって！』

すさまじい形相で、机の上の男は腰に下げていた工具ポケットから筒状に丸めた新聞紙とライターを取り出し、火をつける。

「犯人《ホシ》、新聞紙に着火」

――ホシ、火種に着火。

篠口の声と無線越しの神宮寺の声が、ほぼ同時に重なった。

――狙撃班、構え。

質量のある生方の声が、インカム越しに聞こえてくる。

篠口は横目に覗いていたモニター画面から、スコープを覗きなおした。

すでに腹は決まっていた。

「狙撃準備完了」

――狙撃準備完了。

篠口の声と無線越しの平の声が、ほぼ同時に重なった。

『俺を馬鹿にした報いだ！　お前ら、死ねっ！　…皆、ここで死ねよっ‼』

照準の先は、着火した新聞紙を掲げる犯人の肩口、左上腕部だった。

――狙撃せよ。

重い生方の声と共に、スコープを覗いていた篠口はひと息吸い込み、引き金を引く。

火のついた新聞紙を握った男の腕が、弾けるように後ろへ折れる。ほぼ同時に、男の肩口が大きく跳ねたのは、平による狙撃だろう。

『死…、…あーっっ!?』

腕や肩を撃たれても、すぐには状況を呑み込めないのか、だらりと下がった腕を見て叫びと共に目を大きく見開く男に、神宮寺は手にした楯と共に一気に飛びかかる。

そして、楯ごと男の身体を床に押さえつけた。

その上を弾けるように飛び越えたのは、遠藤だった。火のついた新聞紙を何度もブーツで踏みつけ、火を消す。

続けて表から入ってきた屋島と宮津が、神宮寺の押さえつけた男がもがくのをさらに押さえこむ。

――こら！　抵抗するな！

抵抗を封じている屋島の声に、こんな時にまで平静な神宮寺の声が重なる。

――ホシ、確保。

――ホシ確保了解。至急、消火班と医師を入れる。

生方の声が応じる。

――火の始末もつけろ。

――火種、消火しました。

完全に火の始末を終えたらしき遠藤の声が報告してくる。

火の後処理のため、バケツと火バサミを手にした宮津がモニター越しの視界に入ってくるのが見えた。

――被害男性の様子はどうだ？

――息はありますが、裂傷がかなり酷いです。頭部は無事。

女性にもう安全だと声をかけ、殴打されて床に倒れ込んでいる男性のかたわらに膝をついた遠藤の声が報告してくる。

――よくやった。狙撃班もよくやった。

労《ねぎら》う生方の声に、篠口はひと息ついてスコープから目を離した。

上空をマスコミのヘリが何度も行き来する爆音があたりに響いている。

通りにはパトカーや消防車が複数台並び、消防隊員らが慌ただしく行き来する。

その向こうには、規制線で立ち入りを禁止されたマスコミや野次馬の群れが騒いでいるのが見えた。

平と共に向かい側ビルから引き上げてきた篠口は、バスの陰でヘルメットと顔を隠していたフェイスカバーを取る。

「お疲れ様です、見事なものでしたね」

平の言葉に、篠口は破顔した。

「平君こそ、完全に肩を撃ち抜いてた。すごいな」

確実に肩の可動を止めるべく、関節を正確に撃ち抜いた平の腕には純粋に敬服する。

「いえ…、実は人を撃ったのは初めてなので。まだ少し落ち着きません」

平は珍しく、どこか表情に困るような様子を見せた。

「…僕もだよ」

篠口も今になって手のひらへと目を落とし、そしてスコープの中で弾けるように折れて見えた男の腕を思った。

「当たってくれたのはよかったんだけど…、本当のところ、ホシを殺さずにすんでほっとしてる…」

狙った腕に命中させ、職務を忠実に遂行できたのはよかった。

だが、逆に狙いが逸れて犯人を殺害してしまうような事態にならず安堵しているのは、覚悟が甘いのだろうか。

「いや…、ごめん。こんないい加減なこと、言うべきじゃないね」

命令によっては犯人排除の任にあたるＳＡＴに所属していた男に対しては、殺さずにすんだというのはあまりに無責任な放言だったかと篠口は詫《わ》びた。

ちゃんと篠口の謝罪の意図を汲んだのか、平は首を横に振った。

「いえ、それが当たり前の感覚だと思いますよ。自分も同じです」

そして、普段は口の重い平は、あの…、とつけ足した。

「俺は口が拙《まず》いんで、うまく伝わるかどうかはわからないんですけど…」

あらためて切り出され、篠口は何だろうと平へと目を向け直す。

「弱音は吐いてもいいと思います」

「…弱音？」

「いや、もちろん時と場合は選ばないといけないでしょうけど、篠口さんは十分に頭のいい人だから、そのあたりは俺以上にわかってらっしゃるでしょうし…」

平は何度も迷うように言葉を選ぶ。

「俺もあります。オリンピックに射撃で出た時は本当は逃げたかったですし…」

「…君が？」

銀メダルを取るほどの好成績を収めた男から、当時の心持ちを聞かされ、篠口は驚く。

「怖かったです。プレッシャーで逃げ出したくて、職場をあげて応援してもらってるのに下手な成績取ったら、ＳＡＴはおろか、警察にもいられないなとか、再就職どうしようかとか、そんなネガティブな気持ちがもう…」

平は思いもしない本音を洩らすと、苦笑いする。

そんな重圧と戦っていたのかと、篠口もそんな本音をひっそりと聞かせてくれた平に親近感を持つ。

「結局、同僚には言えずに嫁さんにこそこそ弱音吐いて、みっともなかったんですけど…」

だから…、と平は気まずそうに頭を掻いた。

「辛い時には、弱音吐いてもいいと思います…、警察なんてマッチョな職場に見えますけど、少なくともここには俺みたいな弱さを抱えた人間もいるんで…」

なんか、うまく言えなくてすみませんと断り、平は額に手を当てた。

確かにうまいとは言えないのだろうが、こうして寄せてくれる不器用な同情や慰めが、今は純粋にありがたく思えた。

篠口は平と目交ぜして笑うと、ざわざわとした、高揚感とも違う安堵や脱力感を覚えながら、装備を解きにかかる。

そこへわらわらと突入組が戻ってくる。

「ひっでぇ臭いだな、大丈夫か、お前。これ、やっぱ、灯油だよな？　ガソリン入ってないよな？　混ぜ物とかないか、あとで鑑識まわすけど」

半身に灯油を浴びた神宮寺に宮津がタオルを差し出し、滴る灯油を拭ってやっている。

「消防が灯油だって言ってたから、間違いはないんじゃないですか？」

遠藤は一緒になってタオルで拭いながら、向こう、プロだし…、とつけ加える。

「『あ、これ、ガソリンじゃない、灯油だな』って向こうの誰かが言った瞬間、駆け込んできた消防の顔つきも皆変わったじゃないですか。テンションがこう、ガクンと下がったっていうか…。『あー、灯油ですねー。そちらは、危険物取扱資格持たれてますか？　あ、持たれてる？　じゃあ、大丈夫ですね』って。最後、にこやかに追い出されましたよね？」

「向こうは向こうで、他にも仕事あるんだろ。田所、もう少しタオルやウェス持ってこい」

宮津の指示に、田所がタオルや雑巾をかき集めに走ってゆく。

「…酷い目にあいました」

灯油に濡れたヘルメットを取り、目出し帽を脱いだ神宮寺も珍しくこぼしている。

「単にゴミ箱だと思ったんですが…」

「俺もだよ。そしたら、もっとリキッドなものだったから、あの瞬間は全身から血が引いたわ」

やべぇよなぁ、とギリギリ灯油の洗礼を免れた遠藤は、一緒になってその装備を解いてゆく。

確かに酷い有様だと、おそらく服の中まで染み込んでいる灯油を思い、さすがに篠口も同情気分で神宮寺を眺めた。

そんな篠口の視線に気づいたのか、遠藤や宮津に手伝われてタクティカルベストと防弾衣を脱いだ男と目が合ってしまう。

アサルトスーツの上のファスナーを下ろして両袖を抜き、上半身Tシャツ姿となった男は、すみません…、と二人に断ると、篠口の方へとやってくる。

神宮寺は篠口の前で頭を下げた。

「さっきはありがとうございます」

予想外の相手にあまりにまっすぐに頭を下げられ、篠口は面食らった。

「いや…、間に合ってよかった…」

実際、灯油をかけられたあとも神宮寺の動きは冷静だったとはいえ、火をつけられてしまうとかなり危うい状態だった。状況にもよるが、引火する時にはまるで火が走るように燃え上がる。退避、とすかさず声をかけ、自分も即座に横へと転がり、犯人と斜めに距離を置いた神宮寺の動きは見事なものだった。ほとんど反射的に、最も距離の取れる動きをしている。

自分では突入時、とっさにあの一連の動きはできない。

神宮寺と遠藤の突入から引き金を引くまでの間、今もまだ室内のすべての動きがスローモーションのように目に灼《や》きついていて長く感じられるが、おそらく二分とない時間だ。

「助かりました」

これがデフォルトなのか、あまり表情を変えない男に、篠口はぎこちなく口許を引き上げ、小さく笑みを作ってみせた。

「…これで、借りは返せたかな？」

篠口の言葉を男は瞬時に理解したらしく、顔を上げた。

この目をまっすぐに見つめ返すことができる日が来るとは思っていなかった。

この男の手によって救い出されたというのに、こうして向き合い、直接に話すことを互いにずっと避けていた気がする。

「十分です、本当のところ、今日のはけっこうヤバかったんで」

神宮寺も目許、そして口許をゆるめた。

表情に関しては、基本的に不器用な男だ。

POLICE

だが、この真っ正直さが、実直なまでのまっすぐさが、遠藤を救ったのだろうか。

「…僕も、まだ…、ちゃんとした礼が言えてなかった」

篠口はところどころつかえながら、たどたどしく言葉を紡ぐ。

「…ありがとう」

あらためて礼を言うと、神宮寺は踵《かかと》を揃え、さらにもう一礼した。

「…本当に…、助かった…」

篠口は俯《うつむ》きがちにつけ足した。

今もまだ、まっすぐに顔を上げているのは辛い。

皆、本当のところは胸の内で篠口のことをどう考えているのだろうと考え出すと、自己嫌悪の沼にどんどん沈んでしまう。

それはおそらく、数年、あるいはこれから先何年も、遠藤が抱えてきた両親の不慮の事故のように、篠口をずっと苛《さいな》み続けるのかもしれない。

だが、ここに戻ることができて幸いだと思う。

今、この場所にいることができて…、仲間から助かった、役に立ったと言われて嬉しいとは思う。

「それ…、けっこう始末が大変だね」

「はい」

こればかりは本音らしく、神宮寺はうんざりしたような顔で灯油に濡れた指先を見る。

「髪や肌についた灯油って…、一度食用油かなんかで灯油を浮かせてみたら？」

篠口の指摘に合点がいったのか、ああ…、と神宮寺は頷く。

「確かに…」

「そのあと石鹸にしっかり馴染《なじ》ませて、一緒に洗い流すといいんじゃないかな」

「ありがとうございます、そうします」

灯油に濡れた手をあらためて眺め、心底辟易しているらしき男は頷いた。

Ⅱ

数日続いていた寒の戻りがようやくゆるんだ三月の頭、篠口は黒澤と共に埼玉《さいたま》にある犬の保護ボランティアの施設を訪れた。

「こんにちは、シュガーの件でご連絡をいただいていた方ですね」

ボランティアの副代表だという五十代の温厚そうな女性が、二人を迎えた。

すでに里親希望の申し入れの際、それなりに詳細な家族構成や住まいの様子などは、伝えてある。

友人同士のシェアハウスなのかと尋ねられ、パートナーだと伝えておけよと言ったのは黒澤だ。

それをどう思っているのかは知らないが、副代表の女性は特に構えた様子もなく二人を迎えた。

「はい、よろしくお願いします」

黒澤と共に頭を下げる篠口を、どうぞ、と女性は促す。

代表の私財と有志からの寄付金で建てられたという建物の中には、今は五十頭ほどの犬と十匹の猫がいるらしい。

「まずはご覧になってください。少し体重は増えてきて、毛艶も戻ってきたんですけど、まだ人を怖がるところがあって…」

シュガーちゃん、と女性はケージの中にいる黒のイングリッシュコッカースパニエルに声をかけながら覗き込む。

シュガーは仮名だ。引き取り手が決まるまで、施設で順次振られる名前のひとつなのだという。

こちらに背中を向けたままの黒い犬は、ケージの入り口が開いても、振り向こうともしない。

反応も含めて、生きようとする意志や感情らしきものが稀薄《きはく》で、こちらの声の届かぬ、深い悲しみの底に沈んでいるように見える。

「こんにちは」

篠口はケージを開いている女性の横で、じっと固まったままの黒い犬の背中に声をかける。

「外に出してやっても、まだ裏のドッグランの中をゆっくり歩くぐらいで、お散歩なんかはできないんですけど、一度、外で様子をご覧になりますか？」

「かまいませんか？」

「ええ、ちょっとごめんなさいね」

　ケージの中に腕を入れ、シュガーちゃん、と声をかけて犬を抱き取ろうとする女性に、黒澤がかたわらから声をかける。

「ああ、僕がやりましょう」

「よろしいですか？　犬は慣れてらっしゃる？」

「昔、実家で飼ってました。雑種でしたけれど」

　にこやかに応えると、黒澤はシュガーと声をかけ、じっとしている中型犬を難なく抱き取り、ケージの外へ連れ出す。

「あら、本当に慣れてらっしゃる」

　女性は黒澤が抱いた犬に、ハーネスとリードをつけた。

　黒澤の抱いた犬の顔を覗き込み、篠口はその鼻先に軽く握った拳の背を、そっと持ってゆく。

「こんにちは、シュガー、はじめまして」

　犬はちらりと上目遣いに篠口の方を見たあとは、おどおどと視線を逸らした。

　篠口の差し出した手の匂いも、嗅いだかどうかといったところだったが、篠口はそのまま長い耳と毛足を持つ犬の耳の後ろをそっと掻いてやる。

「じゃあ、こちらにどうぞ」

　女性に促され、黒澤が犬を抱いたまま、裏手のドッグランの方へと向かった。

　今は数頭の犬が楽しげに遊び回っているが、シュガーは地面に下ろされても、二人の足許でじっとしている。

「詳細なんかはこの間お伝えしてますので、しばらくこちらでお見合いではないですけど、シュガーちゃんの様子を見てやってください。何匹も他の犬のいる場所だと、この子もあまり自分を出せないこともあるので。少し時間をかけて様子を見てもらえますか？　そのあとでまた、ひと通り、この子とのお試し期間についてお話しさせていただきますね」

　小一時間ぐらいでいいかしら、と女性は篠口と黒澤を残し、他の犬の散歩をすませてくると言って去った。

「さて、シュガー、あそこのベンチまで一緒に歩いてみない？」

　リードを握った篠口は身をかがめ、声をかける。

　リードを引かれてか、コッカースパニエルはそろそろと慎重な足取りで歩き出す。

「上手だね、シュガー、いい子だ」

　犬を挟み、篠口と並んで黒澤も犬のテンポに合わせてゆっくりと歩いてくれる。

　ドッグランの端に置かれたベンチまで行くと、二人は並んで腰を下ろした。篠口はコッカースパニエルを、コートの膝の上に抱き上げる。

　そして、じっと身を固くする犬の頭から背を、そっと何度も撫でた。

　毛並みがやわらかく指に馴染み、温かい。

　黒澤も時折手を伸ばし、犬の鼻先や顎先をそっと撫でる。

安堵なのか、それとも諦めたのか、しばらくそうしていると犬も深い溜息をつき、前脚の上に顎を乗せた。緊張していた身体から、徐々に力が抜けてくる。

篠口はそんな犬の顔を、目許をやわらげて覗き込んでいる男を見上げた。

「いいんですか、本当に？」

黒澤は思っていた以上にやさしい笑みを見せた。

「ずっと気になってたんだろう？　何度もこの犬のページを見てたじゃないか」

「そうなんですけど…」

「お前は？」

逆に男は聞き返してくる。

「会ってみて、どうなんだ？　仲良くやれそうか？」

「ええ、好きです。ひと目で気に入りました」

物静かで悲しげな雰囲気がたまらないと、篠口は頷く。

動物と人間の仲も相性だと思うが、なかなかここまでひと目で惹かれる犬はいない。

「じゃあ、いいじゃないか。こういうのも縁なんだろうから」

男は茶化すわけでもなく、穏やかに言う。

ねぇ…、と篠口は犬に向かって呼びかけた。

「君に会いにきたんだよ、シュガー。会って、もっと好きになったな…。君はどう？　君も、僕のことを好きになってくれると嬉しいよ」

　篠口は温かな犬の毛並みをそっと撫でながら、ささやくように尋ねる。

「…長いこと、狭い場所に閉じこめられていたんだよね？　僕は君ほどじゃないけど、同じ目にあったことがある…。そうだね、君に比べると申し訳ないほどの間だけど…」

　篠口は、考え、考え、言葉を継ぐ。

「怖かったよね？　僕も少しは、その気持ちがわかる気がするよ」

　黒澤は何も言わず、茶化すこともなく、黙って篠口のささやきを聞いている。

「怖くて悲しいけど…、でも、外の世界は怖いばかりじゃなくて…、嬉しいことや楽しいこともあるのかもしれないかなって、今、思っているところ…」

　こうして君に会えたしね…、と篠口は身をかがめ、犬の頭に小さく口づけた。

「ねぇ、どうかな…？　君さえよければ、これから僕達と一緒に暮らしてくれない？」

「お前さ…」

　それまでじっと黙って聞いていた黒澤が、横で苦笑した。

「本当に優男らしい、甘ったるい口説き方するよな」

　とんでもないタラシだと、脚を組んだ黒澤はなじった。

「やきもちですか？」

　笑う篠口に、黒澤も笑って応じる。

「そうだな、妬《や》けるよ。俺にはそんなやさしい言い方、したことがない」

「じゃあ、今度、口説いてみますよ」

軽口を返せるこの時間が、愛しく嬉しい。

「名前は？　シュガーか？　他に何か考えてるとか」

篠口はこの犬をＨＰ上で見かけた時から、ずっと自分の中にあった名前を口にした。

「『Ｌａｄｙ《レイディ》』はどうでしょう？　『お嬢さん』とか『淑女』っていう意味になりますけど」

「へぇ、深窓の令嬢らしくていいな。『わんわん物語』のレイディと一緒か。悪くない」

黒澤は目を細めた。

「お前のその綺麗な発音も含めてな」

気に入ったと、男は篠口の膝の上に頭を乗せた犬を撫でた。

ＥＮＤ

暁

早朝の空は、じわじわと明るくなりはじめていた。

袴田泰西《はかまだたいせい》の別荘が見下ろせる海岸沿いの道で、神宮寺稔《じんぐうじみのる》は遠藤啓一《えんどうけいいち》と共に覆面パトカーの中で特殊犯捜査第二係のメンバーの到着を待っていた。

もう秋も終わりで、朝は冷え込みが厳しい。水平線が赤く染まり、紫がかった空は澄んで美しいが、助手席の遠藤の表情は硬く険しい。

昨夜遅く、篠口《しのぐち》からの居場所を知らせる電話が入ってすぐに、二人は谷崎《たにざき》の指示でこの三浦《みうら》半島の所轄署へと車を走らせた。

戦前からここにあるという袴田の別荘は、このあたりを管轄する交番の方で場所を把握していた。その報告を生方《うぶかた》に入れると、篠口の救出、そして袴田の緊急逮捕案件で東京《とうきょう》から出動するとのことで、二人はこの場で袴田の逃亡に備えて待機するように言われた。

待機中、少しずつあたりが明るくなってゆく中、神宮寺は遠藤の指示で車を動かした。遠藤は道路から目視確認できる範囲の、おおまかな別荘の見取り図を手帳に描き取っていた。メンバー到着時、すみやかに救出にあたれるよう、別荘の侵入経路を得るためだ。

芸能関係にも哲学関係にも興味のない神宮寺は知らなかったが、袴田の家はかなり由緒のある家系らしい。相応の資産もあるのか、岬の先端の実に絶妙な場所に建てられている。敷地も広く、岩場に面したその海側は、入り江をまたいだ別の個人の所有地で林になっており、覗《のぞ》かれることもない恵まれた立地だった。

警察として依頼すれば、隣地の所有者に敷地内に立ち入らせてもらうことはできるだろうが、この早朝の時間帯では、さすがに訪問できない。せめて、あと一時間程度は待たないと厳しい。

「海側からも、あの別荘の様子を見られるといいんだけどな…」

所轄でもらった地図の拡大コピーを見ながら、遠藤は眉を寄せた。普段はそれなりに口数の多い遠藤には珍しく言葉が少ない。

横顔には、口には出せない焦燥と恐れが見てとれる。

遠藤の焦りはわかる。電話で篠口と話している途中、篠口が殴打されている音を直接耳にしている。親しい同僚が殴られる音を電話越しに耳にして、動揺しないはずがない。

警察の捜査はすべて連携だ。上からの指示も装備もなしに、勝手に二人で突入するわけにはいかない。しかし、電話のあとで篠口がさらに暴行を受けたり、場合によっては殺害にまで至ったりしているのではないかと、気が気でないのだろう。

遠藤と篠口のこれまでの関係性、そして最後に篠口と直接に会話した立場などを考えれば、その焦燥と危機感はただの同僚以上のものなのもわかる。

もし、篠口に何かあれば…、だが、あの状況で無事でいられるわけもない…、ある意味口にしてしまうことが不謹慎であり、不吉でもある、そんな言葉を口にできないジレンマもある。

以前、遠藤が旅館の立てこもり犯に囚《とら》われた時、神宮寺が切実に感じたのもそれだ。

今すぐ助けに行きたいのに、助けられない。

せめて、もう少し気の利いた慰めやアドバイスでも思いつければいいのだが…、と神宮寺はハンドルに手をかけたまま、考える。

東京からこちらへ向かう救出班の無線が、矢継ぎ早に入る。そこからは、サイレンを消し、赤色灯をまわした警察車両が続々と集まってくるまで、わずかの間だった。

「行くぞ」

遠藤は短く言い捨てると、車外に出てゆく。神宮寺も車を降り、所属する特殊犯のメンバーの乗ったバスが、二人の車のすぐ後ろへとつけるのを待った。

神宮寺は遠藤と共にバスの中で素早く装備を調えながら、生方から救出についての概略を聞く。監禁中の篠口から電話で救助を求められたと、羽島《はしま》管理官がすでに手をまわし、令状も取りつけてきていた。

遠藤と神宮寺が控えた家の図面、拡大した航空写真などを踏まえた上で、篠口を楯《たて》にした袴田の抵抗も考えて、ちょうど水平線から日が昇りはじめるタイミングを見計らい、突入は決行された。

屋島《やしま》を先頭とする突入メンバーは、二手に分かれて別荘内へと入った。神宮寺は玄関から入る遠藤らとは別に、田所《たどころ》や宮津《みやづ》と共に広い庭に面した内縁側から入る組に振り分けられる。

別荘とはいえ、風雅な庭を持った和洋折衷の豪邸なので、どこに袴田がいるのか、また、篠口がどこに監禁されているのかは不明だった。

生方の突入指示で神宮寺らはガラスをカットし、錠を外して重い引き違いのガラス戸を横へと滑らせる。

普通なら足を踏み入れる機会もないような、手入れの行き届いた時代物の建物だった。ガラス戸を破って侵入したこちらが、強盗でもしているような気になる。犯罪とはまったく無縁そうな重厚さ、静けさが、逆に不気味でもある。

明るくなりはじめた屋敷の中を、神宮寺はポリカーボネートの楯を構え、手前の和室からひとつずつ確認をはじめる。

食堂らしきホールを出たところで、玄関から入った屋島らと合流した。

海に面した応接室、サンルームと過ぎ、洋室のドアを開けたところで、屋島が室内に向かって声をかけた。

「袴田泰西だな？」

動くな、と声をかけた屋島は、部屋へと足を踏み入れる。

その屋島の肩越しに、ベッドの上に身を起こした袴田の姿が見えた。

寝室に乗り込まれたためか、袴田は不快そうに眉を寄せる。

「…明け方から、ずいぶん非礼な訪問ですね」

屋島の横で、宮津が書類を開いてみせる。

「警視庁所属の篠口雪巳《ゆきみ》刑事の拉致監禁容疑で、家宅捜索令状と逮捕状が出ている」

袴田はかすかに笑ってみせた。肩をすくめたようにも見えた。逮捕状と聞いたところで顔色ひとつ変えぬ様子に、ひどく不遜な印象を受ける。

こちらが多人数であるせいか、袴田の抵抗はなかった。

宮津や田所が袴田に手錠をかける中、屋島は尋ねる。

「篠口はどこだ？」

「おっしゃる意味がわからないな」

何度尋ねようが、どう尋ねようが、さらさら答える気もなさそうな表情で、パジャマ姿の袴田は屋島を平然と見つめ返す。

これが本物のサイコパスというやつだろうかと、神宮寺は得体の知れない男をバイザー越しに見た。

一見、人など殴りそうにもない落ち着いた物腰の人物に見えるが、これが昨晩、間違いなく篠口を殴っていた男だ。

その上で、今、この状況でも顔色ひとつ変えないあたり、やはり常軌を逸している。普通の人間なら、早朝から物々しい装備の警察官に多人数で乗り込まれれば、真っ青になる。

動じもしないところを見ると、こいつは間違いなく犯罪者《クロ》だ。

屋島は袴田を相手にするだけ無駄だと思ったのか、それ以上はやりとりすることもなく無線で伝える。

「袴田を確保しました、篠口は見あたりません」

『了解。引き続き、篠口の捜索にあたれ。袴田の身柄を引き受けに、関口《せきぐち》を玄関まで行かせる』

生方の応答がある。メンバーの割り振りに言及しないのは、現場で屋島に一任するということだろう。

「承知しました」

袴田を部屋から押し出して田所に任せると、屋島はバイザーを上げた。

「建物奥の台所や水回りらしき場所は、まだチェックできてない。二階もだ。あと、海側にもう一棟あったな？」

あまりいい予感がしないのは、屋島も同じなのだろう。フェイスマスクから覗く目に、浮かぬ色が見てとれる。

事前に引き延ばした航空写真も確認しているが、屋根や建物の形を確認できる程度の精度だ。

古い建物なので、何回かに分けて増築や改築がされているのだろうが、敷地の高低差もあり、実際に足を踏み入れると、客間なのか用途の不明な部屋がいくつもあって、普通の家とはかなり勝手が違う。広い別荘の片っ端から部屋を潰してゆかねばならないのが、もどかしくもある。

廊下に出た遠藤が屋島に続こうとするのを、おい、と宮津がその肩をつかんだ。

「お前、篠口さんと仲いいだろ？」

「…え？」

普段は頭の回転の速い遠藤が、宮津の意図がわからないというようにバイザーの奥で目を見開く。

屋島も足を止めた。

すみません、勝手言いまして、と宮津は屋島に断る。

「俺が代わりに行くから、お前は袴田泰西連れ出せ」

宮津は顎をしゃくる。

「いや、でも……！」

「こういうのは、親しい人間ほど辛《つら》いんだよ。目にする人間も、される方も」

宮津の言葉に合点がいったのか、遠藤の視線が迷うように揺らぐのに、屋島も頷《うなず》く。

「宮津の言う通りだ。俺と宮津、それから平《たいら》、神宮寺で行く。お前と田所は、袴田を関口さんのところまで連れていけ」

な、と宮津は遠藤の肩を叩《たた》いた。

「一刻も早く助けたいんだろうが、お前が来ると篠口さんもキツいと思う」

何がどういう風にとは言わないが、宮津が言外に含めた意味を遠藤も察したようだった。遠藤には珍しく、どこかうろたえたように無言で視線を落とした。

「行くぞ」

屋島に促され、神宮寺はその背に続いた。

複雑な構造の家の中で、浴室、台所と確認する途中、神宮寺は窓の外へと目を留め、屋島さん、と声をかけた。

「海側、少し下がった位置に屋根が見えます。例の一棟みたいです」

台所の窓越し、屋島は大柄な身体を窓枠に合わせてかがめるようにして、窓の外の屋根を確認する。

「確かに…、となるとどこかに通路があるな」

「どれだけ広い家なんだよ…」

ぼやいたのは、宮津だった。

台所を出ると、ほぼ正面に内玄関、そしてその横手に二階への階段があった。その向こうに、広い廊下がさらに海側へと折れ曲がっている。

「俺と平は二階をチェックする。宮津と神宮寺は、あの離れだ」

屋島の言葉に宮津を振り返ると、ハンドサインで応諾が返った。行け、との合図に、神宮寺は先に立って凝った廊下の広縁を曲がり、茶室、その奥の水屋と確認してゆく。

外は明るくなりつつあるというのに、襖《ふすま》や棚、建具の多い建物内は薄暗く、神宮寺は警棒を兼ねた腰のマグライトで、床から天井まで内部をひとつずつ照らしていった。

水屋奥の茶道具らしきものをしまった納戸の先に、下りの階段があった。

途中に明かり取りの窓はあるが、まだ明け方なせいか、板張りの階段はかろうじて暗がりの中に踊り場の存在が覗《うかが》える程度だった。

あまりいい気配ではないなと思いながら、その階段をライトで照らした神宮寺は宮津と目を見合わせ、無線で報告を入れる。

「下りの階段発見」

『了解、下りてみろ』

生方の指示に従い、神宮寺がマグライトを肩に構え、途中で折れている階段を下りかける。宮津がどこかにスイッチを見つけたらしく、途中で階段の踊り場にあるクラシックな明かりが灯《とも》った。

『二階、オールクリア』

無線越し、二階のチェックをすべて終えたらしき屋島の声が聞こえてくる。

ならば、やはりこの先なのかと階段を下りきったところで、神宮寺は一瞬、目を疑った。

黒光りする廊下には、まるで刑務所に設置されているような無骨で頑丈な鉄格子がある。

昭和中期あたりからあるようなおっとりと風情のある建物に比べると、鉄格子だけがまだ新しく、異様だった。

「…前方に鉄格子あり」

『はぁ？』

インカム越しだが、すぐ側《そば》で宮津の声が返る。そして、続いて階段を下りてきた宮津が神宮寺の肩越しに前方を覗き込んだ。

鉄格子の先の廊下は左へと折れている。その先が、台所の窓越しに屋根を確認した離れ部分なのだろう。

階段を下りてきただけで波の音も急に大きくなって、耳につく。

海が近い。

むしろ、海の上に立っているようにも思える波音の響きだった。

「何だ、こりゃ…」

えぐいな…、と小声で呟《つぶや》く宮津の横で、神宮寺は鉄格子に取りつけられた大きく頑丈な南京《なんきん》錠を確認する。

鉄格子は床や木の柱にボルトでがっちりと固定されており、大人二人がかりで揺さぶったぐらいではビクともしないような構造だった。

そして、鉄格子の先にある柱の根本にはいったい何の用途に使うものなのか、頑丈な鉄板がビスで固定されている。感覚的に、非常に嫌な印象を受けた。ホラー映画やスリラー系のゲームで見るような、猟奇的な演出にも似ている。

廊下や柱の様子、さらにはその奥の離れ座敷の気配を探りながら、神宮寺はインカムに要請した。

「離れへの鉄格子を切断します。要、金属切断機」

『金属切断機、了解』

田所を呼んで南京錠を開けさせても、まだその奥に逃亡を防ぐための周到な罠《わな》があるなら、もっと手っ取り早く解決できる道具が必要だと判断しての要請だった。

生方の応答のあと、屋島と平、田所が金属切断用の丸鋸《まるのこ》とレスキュー用のソーチェーン、バールやハンマーなどを提げ、駆け足でやってくる。

屋島は静まりかえった廊下の先を覗くと、後ろの二人を振り返る。

『担架いるな。平、田所、担架用意』

屋島も篠口が無事だとは思っていないのだと、その声を聞きながら、神宮寺は楯とマグライトを宮津に手渡した。

電動丸鋸を鉄格子と扉の間に差し入れ、扉を押さえる掛け金部分に当てた。

火花と共に、特有の甲《かん》高くけたたましい金属音が上がる。太く頑丈な掛け金は、切断に多少の時間を要した。

掛け金が切れたところで、神宮寺は丸鋸を宮津に手渡し、念のために楯を構え直して鉄格子を押した。

そのまま廊下の角までゆくと、さっき、嫌な印象を受けた鉄板の正体が知れた。

柱の根本に、長く太い鎖がやはり南京錠で留めつけてある。まるで大型の闘犬や軍用犬でも繋《つな》いでおくような、太さ七、八ミリほどの重量感のあるがっしりした鎖だった。

神宮寺は思わず宮津と顔を見合わせる。

鎖の先は手前の部屋ではなく、奥の和室へと続いていた。その向かいには、小さい飾り窓がついたレトロな印象のドアが二つあるが、浴室などの水場かと判断する。

「廊下クリア」

インカムに告げながら進む神宮寺に、宮津が声をかけてくる。

『奥だろ』

神宮寺はそれに頷くと、ひと息ついて鎖の先が続く和室の襖《ふすま》を一気に開けた。

シーツのない敷き布団の上に布団の固まりがあり、虚《うつ》ろにも見える目が布団の隙間《すきま》から覗いていた。鎖はその布団の中まで続いている。

一瞬、生きているのだろうか、それとも、もうこときれているのだろうかという、これまでにないゾワリとした寒気を感じた。

安否確認を経験した同期や同僚の話は何度か聞いたことがあったが、神宮寺自身は初めてだ。しかも、それが職場の同僚相手だ。正直なところ、精神的にはきつい。現場で被害者や犯人の遺体に向き合うよりも、はるかに辛い。

「篠口さんです」

神宮寺は小声で宮津に告げると、楯をその場に置く。

そして、ひと呼吸つき、生死の確認のためにわずかに布団をめくった。

大きく切れた唇や痣《あざ》だらけで腫れた顔や肩口、胸許《もと》を見ただけで、篠口の受けた壮絶な暴行が見てとれた。

普段、洒落《しゃれ》たスーツ姿で清潔感のある男の髪は乱れ、整った顔はやつれ衰えて、全身ひどい脂汗に濡れている。一糸まとわぬ姿なのは、屈辱を与えるためではなく、もしや凌辱《りょうじょく》なのだろうかという戸惑いも覚える。

剝《む》き出しの肩に裂いたシーツで腕を吊《つ》ってあるのは、篠口自身が腕を応急手当しようとしたのだろうか。こころなしか、その腕がシーツの中でグラグラ泳ぐのは骨でも折られているのかと、神宮寺は篠口の身体を布団ごとそっと抱き起こした。

充血して涙の浮いた目が、神宮寺を捉えて、まだ意識はあるのだとほっとする。

「…神宮…寺…？」

いつもは甘さのある声がひどくかすれ、枯れ果てていた。

返事の代わりに、神宮寺はひとつ瞬《まばた》く。

篠口は何かを諦めたかのように、瞼《まぶた》を閉じた。

その虚《むな》しい諦念のような気持ちは、一時は遠藤を巡って角突き合わせたことがあるだけに、理解できる気がした。

だが、気の利いた言葉は欠片《かけら》も浮かばない。

もう大丈夫です、という言葉も出てこない。

篠口も、そんなものは欲していない。

無駄な慰めや励ましは、今の自分と篠口との間では逆に空々しかった。

「篠口主任の身柄確保」

神宮寺はインカムにまずは一報を入れると、そこからは申し訳ないような思いで、痛めつけられた篠口の身体に、大きな創傷や裂傷はないかとざっと目を走らせる。

酷《ひど》い。ひとりの人間に、ここまで暴力を振るえるのかと思うほど傷と痣だらけだ。

しかし、全身、擦過傷や殴打痕だらけだが、腹や背に致命傷となりそうな刺し傷や切り傷などは見あたらない。それだけには、かろうじてほっとする。

ただ、吊った右腕から覗く手の人差し指は、半ばから折れて異様な角度に曲がっていた。その惨《むご》い仕打ちに、神宮寺は眉を寄せる。

「主任は右前腕部負傷の模様、至急、応援を願います」

さらに医療の応援を頼むと、神宮寺は最大限気を遣い、袴田に痛めつけられた身体がこれ以上は剝《む》き出しにならないように、そして、折れた腕にこれ以上負荷がかからないように、そっと篠口の身体を布団で覆う。

抱えていた篠口の身体が、ずるりと神宮寺の腕の中で沈む。意識を失ったようだった。安堵《あんど》か、あるいは失意なのかもしれないと、神宮寺はひっそり胸の内で思った。

『すみません』

失神した篠口に対するものなのか、宮津はさらにすみません、ともう一度低く詫《わ》びると、篠口をくるんだ布団の裾をめくる。

その足首には、それこそサイコ系やホラー系映画の病棟にでも出てきそうな、見るだけでもゾッとする太い革の拘束具が巻きつけられている。そこに繋がっているのが、柱からの太い鎖だった。

『ひでぇな、何だよ、これ…』

宮津は呻《うめ》くと神宮寺へと鎖を投げてよこし、切断のために丸鋸を構える。神宮寺は手渡された鎖を片手で引き、篠口を腕に抱えたまま、切断を手伝った。

宮津は足首から少し離れた五十センチほどのところで鎖を断ち切ったが、けたたましい金属音にも篠口は意識を取り戻す様子もなかった。

宮津がこういった事態も見越して、遠藤を遠ざけたのだとしたら、その配慮には頭が下がる。

篠口を年の離れた兄のようだと、慕っていた遠藤だ。

すでに遠藤は両親を失った時に、いまだに尾を引くほどの精神的な衝撃を受けている。その上、身内のようだとも思っていた篠口のここまで無惨な姿を目《ま》の当たりにすれば、どれほどダメージを受けることか。

「担架に移すぞ」

屋島と平が、担架を布団のかたわらに運び入れてくる。

神宮寺と宮津、屋島とでシーツごと篠口の身体を持ち上げ、平と田所が手早く担架に篠口の身体を固定してゆく。

「上げるぞ」

屋島の合図で、神宮寺と宮津とが担架を持ち上げた。

「そっとだ。頭打ってるかもしれんからな。揺らすな」

できるだけ抑えた屋島の声と共に、神宮寺と宮津は篠口を部屋から運び出した。

I

救急搬送された篠口を見送り、本庁へ戻る車の中でも、遠藤はじっと黙り込んでいた。

篠口が助かってよかったとは安易に言えない雰囲気に、神宮寺も黙って車を走らせる。

こんなことを考えること自体が不謹慎なのだろうが、正直なところ、時と場合によっては助からない方が楽な状況というのもある。

遠藤が以前言っていたような、動物ならば安楽死を選択するような状況だ。

篠口からの電話は、何としてでもあそこから逃れたいという篠口の意識、生存本能からくるものだ。

それは人間としてはいたってまともな感覚で、多分、自分が同じ立場に置かれても、電話を手にする機会があれば救いを求めるだろう。

ただ、人間とは厄介なもので、今度は助けられてから先のことを考えはじめる。

むろん、生きている以上は考えなければならないのだろうが、実際には助かってよかったと簡単には言えない状況が、過去の事故や犯罪の中にいくつもある。

事件は、犯人逮捕、被害者の救出・解放ですべてが終わるわけではないことを、現場にいる自分達は身に沁《し》みて知っている。

身体の傷は退院、あるいは通院が終われば癒えたものとされるが、もっと難しく複雑なのは精神面に及ぶ傷だった。慰めや励ましがまったく届かない場合や、逆にそれが負担となる場合もある。

今回の事件に関して、神宮寺には何が正解なのかわからなかった。救出には全力を尽くすべきだが、次に篠口にかける言葉が浮かばない。遠藤にさえ、どう言えばいいのかわからない。

答えがずっと見つからないまま、神宮寺は黙って本庁まで車を走らせた。

駐車場につけた車から降りる前に、遠藤はふと口を開いた。

「なぁ…、あれ…」

あれというのは今日の篠口の救出そのものを指すのはわかったが、しばらく待ってみても遠藤はそこから先を続けない。結局、遠藤は口をつぐみ、そのまま黙って車を降りた。

神宮寺も車を降り、キーをロックすると遠藤と肩を並べる。

おそらく篠口のことについて何か言いたいのだろうが、神宮寺にはその先をうまく引き出す言葉も術《すべ》も思い浮かばない。

遠藤は間違いなく、あの傷だらけの篠口を見てショックを受けている。

それはわかるのだが、さっき、とっさに篠口に向ける言葉がなかったのと同様、遠藤にもうまいフォローの言葉が浮かばなかった。

どうして篠口なのだろう。

金銭的にはきっちりした人だし、神宮寺にはそれなりのぞんざいな態度を見せたこともあったが、それはお互い様だ。性格的にあまり合わないだけで、人間的には極端に裏表があるような、人の恨みを買う人間ではないと思う。

それに、あれは怨恨や金品絡みの暴力というよりも、むしろ、もっと狂気じみた一方的な加虐《かぎゃく》に見えた。そして、同時に執着…、それも性的な匂いのする狂的な執着も感じた。

救急車には谷崎が同道したので、おそらく車内で篠口が受けた傷は確認されているはずだ。あえて確認する気はないが、性的な暴行も受けているように思う。

上下関係をたたき込んで従属させるためか、性的欲求を満たすためか、あるいはもっと狂気を孕《はら》んだ別の欲望なのか。

人間を鎖で繋ぐような男の考えることなど、わからない。理解したくもない。

ただ、有名人だと知るぐらいで、これまでほとんど興味がなかった袴田泰西という男の残忍性や支配欲、異様さというものは、実際に目の当たりにすると、ただ寒気がするほどに異常だとしか言いようがない。

テレビで何度か見かけて考えていたよりも、はるかに大柄な男だった。両手首に手錠をかけていても、全力で抵抗された際には田所だけでは心許なく、とっさに誰かもうひとり一緒でないとまずいだろうと思ったのは、屋島と同じだ。

それは田所の力量や逮捕術に対する不安からではなく、がっしりとして大柄な袴田の体格によるものだ。以前はＳＡＴ《サット》に在籍していた田所であっても、おそらく袴田にまともに体当たりされると体格差で吹っ飛ぶ。

体格差とは、そのまま質量の差だ。自分よりも大きな質量にぶつかられたら、技量だけでは太刀打ちできないことの方が多い。

神宮寺は袴田より身長のある分、体格的には互角だろうが、身体の厚みを考えるとウェイトはおそらく向こうの方が上だ。

篠口のような立場に追い込まれれば、やはり無事でいられるとは思わない。自分なら、ありとあらゆる反撃の機会を狙うだろうが、食事や水に薬などを仕込まれることもある。俺だけには絶対に手出しさせない、などと強いことは言えない。

多分、袴田のような猟奇的な一面を持つ男は非常に厄介で、目をつけられた時点で逃げ切ること自体が難しい。以前、そう教えてくれたのは、篠口自身でもある。

駐車場からエレベーターで上がる途中も、遠藤にかける言葉が見つからないまま、扉が開く。

エレベーターを降りた遠藤が、廊下の端の非常口へと目を向け、さらに腕の時計に目を落とすと、ふと呟いた。

「…すぐに昼食の時間だな」

乾いた声に、かつて水が甘いと感じた自分は薄情だと呟いた遠藤の言葉が蘇る。

どこか感情を削《そ》いだような声で、それが辛い。

普段の気性を考えると、袴田に対する怒りを爆発させていても不思議はない遠藤が、感情を抑制せざるを得ないのは、辛い過去がオーバーラップするためなのか。

遠藤は普段は享楽的ともいえるほど欲望に忠実で、職場でも歯に衣《きぬ》着せぬ物言いをすると思われているが、ＳＡＴの指揮班にいた頃《ころ》は意外に慎重で用心深く、制圧班の運用にあたっては、何よりも安全を考えようとする一面もあった。

それが神宮寺も含めた制圧班メンバーにとって、自分達は絶対的に守られており、無駄死にすることはないという遠藤への信用にもなっていた。

今も精神的な均衡を守るためなのか、勤務中の昼食という、あえてありきたりの日常へと目を向け、当たり前の時を過ごそうとしているように思えた。

「…ですね」

同じように遠藤が目を向けた先、非常扉の窓から覗く空を見た神宮寺は頷いた。

空は澄んで青い。季節は晩秋だが、よく晴れた日だ。

人が——しかも同僚が、一週間も鎖で繋がれ、檻《おり》の中に囚われていた屋敷の異様な部屋、荒々しい波音が、嘘《うそ》のように日常的なざわついた、いつもの職場だ。

それにほっとしながら、フロアに足を踏み入れる。

「遠藤、神宮寺」

立ったまま関口や屋島と話しこんでいた生方が、手招きしてきた。

「二人共、昨日から一睡もしてないだろう？　今日はもう上がれ」

「…いえ…」

応えかけた遠藤が、言いよどむ。

「ほら、疲れてるじゃねぇか。俺らは、お前らが車で走ってる間に少し仮眠取ってるんだよ。疲れると明日に響くぞ。休める時に、休め」

屋島がほらほら、と遠藤の肩を押し、神宮寺も促した。

休める時に休めというのは、ＳＡＴ時代からの鉄則でもある。現場では、疲労がとっさの判断を狂わせるし、反射も思考も鈍る。

「すみません、じゃあ、お先に失礼します」

上席に向かって頭を下げ、続いて宮津らにも頭を下げて、神宮寺は遠藤と共に部屋を出た。

救急車で運ばれた篠口には谷崎がついていっている。致命的な傷はなかったものの、全身傷だらけだったことを思うと、検査と傷や骨折などの処置にかかっていて、すぐには見舞いや面会にも行けないだろう。

確かに今できることといえば、脳と身体を休ませることぐらいだった。

そして、運び出された篠口に駆けよった遠藤の反応を考えると、つくづくあの救出時の現場には遠藤が居合わせなくてよかったと思う。

「なんか、こんな時間に早退するのって不思議な感じするな」

遠藤が片頬《ほお》で笑いながら、エレベーターのボタンを押す。

「ありがたく、寮戻って飯食って、風呂入って寝るか」

ほとんど惰性で口にしているのではないかというテンションで、遠藤がエレベーターに乗り込みながら言った。

目が冴《さ》えているというのとは違う。ただ、徹夜明けで疲れているというのも違う。神経だけがチリチリと嫌な尖《とが》り方をして昂《たかぶ》っているのを、そのまま引きずっている感覚だ。

「寮で食いますか？　外で食っていきませんか？」

神宮寺の提案が思いもしなかったのか、遠藤は意外そうに見上げてくる。

「何か食いたいものでもあるのか？」

そうですね…、とエレベーターを降りながら、神宮寺も疲れた頭で考える。

「疲れた時にはちゃんと温かいもの食えって、うちの母親が言うんです」

「温かいものな…」

とっさに何も思いつかないのか、遠藤はやや放心したような顔を見せる。

ああ、この人も今、弱っているのだと、神宮寺は思った。

見た目以上のダメージを受けているのに、それに本人が気づいていないのかもしれない。

「消化にいいものなら、うどんとか…、あと、腹が減ってるなら、何か遠藤さんの好きなもの…、鰻《うなぎ》とか、焼き鳥とか…」

「鰻な…、前にお前と食った鰻、美味《うま》かったもんな」

遠藤はちらっと、子供のような顔で笑う。

「あんなに美味い鰻、この辺じゃないかもな…」

鰻を食べたのは研修先でのことだ。今年の夏で、鰻のあとには何か冷たくてさっぱりしたものを食べたいという遠藤と共に、氷を食べた。

　ぼうっとするほどに暑い夏の昼下がりの公園で、青い空に真っ白な入道雲がうずたかく重なっていた中、楽しく氷を食べていたはずなのに、結局、遠藤と口論になった。

「じゃあ、鶏《とり》にしますか？」

「鶏かぁ、いいかもなぁ。親子丼とかの、美味くて温かいの」

　正解だなぁと笑う遠藤には、微妙に元気がない。

「『鶏正《とりせい》』とか、どうですか？　少し歩きますけど」

「え、あそこ、昼やってんの？」

「ランチタイムは短いですけど、ありますよ。田所と何度か行ったことあるんで。メニューは丼だけになりますけど、美味いです」

「じゃあ、そこで」

　いつものように鶏に喰《く》いついたというよりも、行き先が決められたこと、このあとの予定が埋められたことにどこかほっとしたようにも聞こえる。

「温かい親子丼に、山椒《さんしょう》たっぷりかけて食いたい」

　いつもと変わりないようで、普段よりもどこかテンションの低い遠藤は建物の外に出ると、首許をすくめた。

「コートっていうほどじゃないけど、冷えるな」

「もう秋も終わりですし、そろそろコート着てもいい頃かもしれません」

「マフラーとかでもいいんだけど、俺、いいの持ってないしな」

そもそも冷えとはあまり縁がなかったと、遠藤は街路樹越しの空を仰ぐ。

「今朝…、身体が冷えたんじゃないですか？　ずっと車の中でしたし…」

今、触れにくい話題に、神宮寺はできるだけ言葉を選ぶ。

「あーいうの、辛いな。張り込み組って、どうしてるんだろう？」

「皆、カイロやらなんやら、持ち込んでるみたいですけどね。今朝のは急でしたし…、今度、アルミの防寒シート入れときます。エマージェンシーブランケットですっけ？」

「アルミも悪くないんだけど、普通のハーフケットぐらい欲しいな。こう、あるだろ？　包《くる》まる時のやわらかい肌触りとかがさ…」

「積んどきますよ」

ライナスですか、あんた、と毛布を抱えて歩くコミックキャラクターを引き合いに出し、神宮寺は軽口をたたく。

袴田の逃走も踏まえて、別荘を見張っていたため、温かい飲み物を買いにいくこともできなかった。付近には自販機もない、静かな別荘地だ。

遅すぎる夕食というより、むしろ遅い夜食代わりに、管轄署から派出所に向かう途中、コンビニで買ったお握りとお茶を胃に落とし込んだっきりだ。

　お茶は温かいものを買ったが、それも明け方の車内であっという間に冷めた。

「あと、小ぶりな水筒も積んでおきますよ。温かい飲み物入れておけば、冷めるのもましでしょう？」

「ピクニックかよ」

　遠藤はおかしげに声を上げて笑う。

「今、ちょうどアウトドア用のバッグに一式積んで、トランクに入れておこうと思ったところなんですけど」

「あんまり色々積んでると、屋島さんに放り出されるぞ。あの人、マメだからなぁ」

　さっきよりも少し元気になったのか、空元気で笑っているのかはわからないが、整頓《せいとん》好きの屋島の名前を引き合いに出して目を細めた遠藤に、自分もどこかほっとしながら神宮寺は笑みを作った。

「『鶏正』、焼き鶏丼もありますよ。甘辛いタレで、あれはあれで美味《おい》しいです。昼は鶏スープもつきますし」

「マジか？　決まりだな」

　焼き鶏丼ー、と弾んだ声を出す遠藤に、神宮寺は頷いた。

三時過ぎ、部長席まで屋島と共に呼びつけられていた宮津が、微妙な表情で戻ってくる。

「どうしました？　何か言われたんですか？」

電話の受話器を置いたばかりの遠藤が、訝《いぶか》しげな顔を向ける。

「いや、篠口さんとこ、今日、帰りに見舞いに行くって言ってたろ？」

「はい、あとで…」

遠藤が頷くのに、神宮寺も何事かと顔を振り向けた。

「部長が一緒に見舞い持っていけって言ってたろ？　今日、何持っていくんだって言われて、『花が無難かと思ってるんですけど』って答えたら、『花なんか食えるか、フルーツの盛り籠持っていけ』ってさ、店も電話番号も…」

ほら、と宮津は都内の有名フルーツ店の電話番号が記されたメモを示す。

どうやら刑事部長直々に電話番号をメモして渡してきたらしい。

「メロンは絶対入れてやれ、ここのメロンは本当に絶品だからって。それは、単にあんたの好物だろっていう話で…」

さすがに大声で言うとまずいと思っているのか、宮津は若干声のトーンを落としている。

遠藤は上目遣いに宮津を見る。

「それ、言わなかったんですか？」

「お前、言えるもんなら、言ってこいよ。お前のその性格なら、言えるかもしれねぇしな」

「いや、さすがに俺も部長にご意見するのは…」

　遠藤は言葉を濁す。そもそも今の部長は声が大きくて押しが強い上に、人の話などとんと聞かない人間だ。

「だいたい見舞いなんて、俺はキャッシュが一番だと思うんだけどな」

　一応、店に電話をかけて籠を頼むつもりなのか、宮津はリアルな意見を吐きながら、番号の書かれたメモを手に椅子《いす》に腰を下ろす。

「まぁ、それは賛成ですけど、病院は盗難も多いんですよね」

「それな。心配だから預かっとくって言って、持っていった見舞いを持って帰ってたら笑い話だし」

　宮津はまだ踏ん切りがつかないのか、受話器を手に唸《うな》る。

「そもそも、病室でメロンもらっても、美味しく食えねぇっていうの。だいたい、今、篠口さん、右手骨折してるんだろ？　そんなの持ってったら、俺達、悪者じゃん。イジメじゃん。フルーツはフルーツで、部長に領収書渡さなきゃいけないから買うけどさ、なんかもうちょっと、気の利いたもん考えないと」

　うーん…、と遠藤はしばらく天井を仰いで唸る。

「あそこの病院、あまりご飯が美味しくないんで、定番はふりかけですかね？」

　網膜剥離《はくり》で同じ病院に入院していた遠藤らしく、現実的な提案だった。

「ふりかけ…、超高級ふりかけとか？　俺的にはやっぱり、ふりかけの最高峰はちりめん山椒かな？」

へぇ、と遠藤は感心している。

「けっこう渋いですね。ちりめん山椒か。宮津さんだったら、流行《はや》りの焼肉カルビふりかけとか、いくかと思いましたけど」

「俺が入院した時には、焼肉カルビもありよ。持ってきてくれてもいいよ。でも、高級ちりめん山椒も頼みたい。普段は食べられないような、京都《きょうと》の料亭のがいいなぁ。持ってきて。約束だからな」

「そもそも宮津さん、入院なんかしないじゃないですか」

はいはい、といい加減な返事をしている遠藤は、一見、いつもと変わりない態度に見えた。

二人のやりとりを眺めていた神宮寺と目が合うと、遠藤はニッと笑ってみせる。

「お前、高級ふりかけでいいか？」

「そうですね。あまり自分でも買わないし、もらっても嬉《うれ》しいかも。あとは…、篠口さん、ゲームとかしなさそうなんで…、何かクッションとか？」

「ああ、それな。病院、枕もベッドも硬いから、この間、持っていって置いてきたんだよ。あと、スリッパとかいるかな」

まだ篠口はベッドから下りることはできないようだが、履くものがないと困るだろうと遠藤は言う。

「それさ、スリッパの少しいいの、どうだろうな？　あとで使えるようなやつ。今の時期だったら、中がボアのとか？　フェルト素材のとかさぁ」

宮津はコルク底を使った、ドイツ製のそれなりに高価なサンダルの名を挙げる。どうやら、今、自分が欲しいものらしい。

ファイルを抱えた課内紅一点の竹中《たけなか》が、通り様に口を挟む。

「スリッパもいいんだけど、その前に下着とか買っていってあげたら？　必需品よ」

「あ、さすが、竹中さん。女の人は、よく気がつきますよね」

「気はついてるんだけど、私が持っていったらセクハラっぽいから、いいの買って持っていってあげなさいよ。篠口君、オシャレさんだから」

「あー、はい、そうですね」

普段は調子のいい宮津も、おとなしく頷いている。

「じゃあ、スリッパ、靴下、下着、あと、紙皿とか箸《はし》とか歯ブラシとか一式いるよな。揃《そろ》えると、そこそこの値段になるか。今日はとりあえず、こんなものかな？」

指を折る宮津に、遠藤も頷く。

「ですかね？」

「まだ個室に移ったばっかりだし、あとはおいおいな」

宮津と遠藤がやりとりしている様子をよそに、神宮寺はノートパソコンのキーボードへと目を落とす。

見舞いに行くのに異議はないし、同僚としてはもちろん行くべきだとは思うが、どういう顔を見せていいのか、わからずにいる。

救出の時、篠口が自分の顔を見て覚えた失意や諦念が、あの時、手に取るように理解できた。

自分が篠口の立場であっても、やはり同じように思う惨《みじ》めさが痛いほどに理解できたから…、神宮寺は指先で眉間を揉《も》む。

「おい、神宮寺、お前と田所でフルーツの籠受け取ってきて。領収書ももらってこいよ」

いきなり宮津に話を振られ、神宮寺は慌てて顔を上げる。

「はい、了解です」

「俺と遠藤で、超イケてるパンツ買ってくるからさ」

「あまり、やりすぎないほうがいいんじゃないですかね？」

それは…、と遠藤が首をひねりながら異議を唱える。

「フルーツの盛り籠の時点で、すでに微妙だからな。まぁ、普通なのにしとくか」

「そうですよ、スリッパに力入れときましょうよ」

いつものように宮津と賑《にぎ》やかにやりとりしている遠藤は、救出直後よりも元気を取り戻したように見える。

遠藤にとっては、きっと、その方がいい。

腹をくくれない自分は、遠藤よりもはるかに肝が小さいのかもしれない。

まだ鎮静剤が使われていて、眠っていることが多いという篠口が目覚めた時に向ける言葉を、神宮寺は不器用に探し続けていた。

雨の降る夜は…

六月中旬の土曜日、朝から雨がそぼ降る梅雨寒《つゆざむ》の日だった。

午後四時過ぎに傘を手にデパートを出た篠口雪巳《しのぐちゆきみ》は、雨でも賑わう駅前でタクシーを降りる長身の男に気づいた。

黒澤一誠《くろさわかずなり》だ。最初に黒澤だということに気づいたというよりも、黒っぽいスーツに身を包んだ、長《ちょう》躯《く》の端整な容姿の男がいると思ったら、黒澤だったという印象だ。

今年三十三歳になる篠口の三期上で、公安にいるキャリアだ。

かつて篠口が公安に研修で赴《おもむ》かされた時の上司であり、篠口が公安を離れた今もおそらく所属は公安のままという、公安畑のエリートでもある。

車から降り、傘を広げた男は珍しく眉を寄せ、険しい顔をして歩き出したが、ふとこちらへ視線を向けた。

黒澤は何か気配でも感じたかのようにざっと人波に視線を投げたかと思うと、傘を差していてもたちまち篠口の姿を見つけたらしく、つかつかとこちらへと寄ってくる。

逃げる間《ま》もない。

男は篠口の前に立つと何の前置きもなく、いつもより低く抑揚のない声で尋ねた。

「お前、寮出たんだろう？」

一瞬、この男に寮を出ることを話しただろうかと考えかけた篠口は、以前、不動産屋の前で店頭の物件表示を見ていた際、背後から声をかけられたことを思い出す。

待機寮での生活は向いてないだろうと揶揄《やゆ》されたので、すでにあの時に寮を出ようとしていたことは見透かされていたのか。

「はい」

篠口はおとなしく頷《うなず》いた。

寮を出たことや引っ越し先を隠したところで、公安に籍を置く黒澤には端末ひとつで篠口の引っ越し先など知れてしまう。

黒澤は傘の下でわずかに首をかしげ、さっきの物騒なオーラとは裏腹に静かに尋ねた。

「部屋は落ち着いたのか？」

「いえ、まだ揃ってないものも多いんですが…」

黒澤は篠口が提げたデパートの紙袋に目を留める。

「買い物か？」

「ええ、足りないものを少しずつ…」

「今日は、他にまだ何か探してるのか？」

「カトラリーを見ているところです。実物を見て決めたいなと思って」

ふうん、と頷いた黒澤は篠口を促し、傘を並べて歩き出す。

「つきあおう」

つきあってもらうのはかまわないが、このスーツ姿なら黒澤は仕事ではなかったのかと、篠口は尋ねる。

「お仕事はいいんですか？」

「知るか」

黒澤は短く言い捨てる。

いつも余裕のある薄い笑みを口許に浮かべているこの男が、これだけ露骨に不機嫌さを態度に出すのは見たことがないと篠口は目を見張る。

よほど何か腹に据えかねたことでもあるのか。

「…何かありましたか？」

「いや…」

眉を寄せたまま前を見据えていた男は短く横顔で応えたあと、一瞬目を伏せ、その間に自分の中の苛立ちを押さえこんだのか、篠口へと顔を振り向けてきた。

「とりあえず、次の店見てみるか？」

「そうですね、輸入雑貨を扱っているインテリア店があるので、そこを覗いてみたいんですが…」

篠口は徒歩で行ける店の名前をいくつか挙げる。

「わかった。この雨だから、できるだけ地下道を抜けていくか？」

案外平静な声で応じると、黒澤は篠口を促した。

どこまでつきあうつもりなのだろうかと思いながら、篠口は日用品の買い出しなど不似合いに見える男と共に地下道への階段を下りた。

結局、夜の七時過ぎ、先月越したばかりの部屋へと篠口は黒澤を連れて戻った。

「悪くない場所だな。静かだし、駅も近い」

三階への階段を上がりながら、黒澤は言う。

買い物のあと、一度部屋を見せてみろよと言われ、特に断る理由も思いつかなかった。

ずっとストレスになっていた寮を出られたという解放感もあったのかもしれない。

篠口は部屋の鍵を開けながら笑う。

「建物は少し古いんですけれどね。僕の予算だとリノベーション費用も含めると、これぐらいが精一杯で」

黒澤は篠口について、ドアをくぐりながら尋ねる。

「賃貸じゃないのか？」

「貯金もいくらかありましたし、それを頭金に買った方が安く住めるんで。間取りや水回りも好みのものにできるかなと思って。寮費の安さとは比になりませんけど」

古い２ＤＫだった部屋の壁を取り払い、１ＬＤＫにした部屋は、まだ完全に家具が揃っていないためにやや空間が余って見える。

だが、それを自分の好みにしてゆくのもひとり暮らしの醍醐味だろう。

今いる特殊犯捜査係まで、非常時に徒歩で一時間以内に駆けつけることができる場所で賃貸を探そうとなると、この広さでもかなりの値段となる。

ゲイで結婚予定もない篠口には、中古であってもそれなりに納得できるこの間取りでマンションを購入した方がいいと考えたが、さすがにそこまで細々と黒澤に説明する気はない。

「へぇ、いいな。お前らしいよ、色々と」

家具やウッドブラインドの趣味がいいと、黒澤はミッドセンチュリーで揃えつつある部屋を、ゆっくりと見まわす。

自分の好みで置いた家具の中に、容姿のいい男が立っているのは悪くない気分だった。

黒澤は開け放っていた引き戸から、寝室へと足を踏み入れる。家を出る前にベッドも調えてあるので、あえて隠すほどでもないかと篠口はそのままにする。

「寝室もいいな、そのアンティークの机も、書架も」

しっかりした本棚と机も置きたかったのでこの広さは譲れなかったが、黒澤はそこにちゃんと気づいているらしい。

不躾に寝室へ足を踏み入れたというより、本棚と机を探したようだ。

「引越祝いは、何がいい？」

予想外の言葉に、篠口は驚く。もっとドライで、引越祝いなどと言い出す男だとは思っていなかった。

「申し訳ないですし、いいですよ」

これまでかなり割り切った関係だったし、あえて引越祝いと言われる程ではないかと思った。

「この部屋だと、観葉植物かフロアライトってところかと思うんだが、もっと他に欲しいものがあれば言え」

今、置いてみたいと思っているものを的確に言い当てられ、篠口は驚く。

「欲しいのはフロアライトですが…、僕が欲しいものは少し高くつくので、デスクライトをお願いしてもいいですか？」

「わかった、あとでメールででも知らせてくれ」

これについては社交辞令程度に考えておいて、メールは特に送らなくてもいいかと篠口は判断し、キッチンへと入る。

「コーヒーでいいですか？」

「コーヒーはいいんだけど、腹減ってないか？」

どこかへ食べに行くかと、窓辺によってしばらくブラインド越しに外の細かな雨を眺めていた黒澤は振り返る。

「朝方作ったラタトゥイユがあるんですが、召し上がりますか？」

昨日からずっと薄寒かったので、今朝、仕込んでおいたものだ。週内に食べきろうと、多めに作ってある。

「マメだな」

興味を覚えたのか、黒澤はキッチンを覗きに来る。

「どれだ？」

尋ねられ、篠口はコンロの上に置いてあった厚手のホーロー鍋の蓋を取ってみせる。

タマネギやナス、ズッキーニ、パプリカなどの夏野菜をトマト缶で炒め煮した料理はこっくりした色味で、我ながらよくできたと思う。

「いいな、食ってみたい」

美味《うま》そうだ、と黒澤は頷く。

「お前、美味いもの好きだものな。料理は引っ越してから？」

「アメリカでもそこそこ？　向こう、食事は美味しくないですし、部屋にはキッチンがあったので」

食材は安いし、作ってみるとそれなりに面白くて、今はキッチンも好みのスタイルにしたこともあり、週末は比較的楽しく料理を作っている。

「これにさっき買ったバゲットを合わせるだけの簡単なものですが、ビールや安ワインぐらいならありますよ」

「それで十分、上等だ」

黒澤は背後からゆっくりと篠口を抱きしめてくる。

「黒澤さん、今日は忙しくないんですか？」

夕刻、タクシーを降りてきた直後はかなり気が立っていたようにも思えた男だ。アクシデントなのか、何かトラブルなのかは知らないが、職場で後処理などせずともいいのだろうかと、篠口は肩越しに尋ねる。

「…いい、今日は。…雨だしな」

雨だというのは、後づけの理由の気がした。

公安の水が合っていて、一日のほとんどを職場にいるような男、離婚理由を家に帰らなかったら女房が出ていったのだとうそぶくような男にも、そんな日はあるらしい。

だが、うまく仕上がった料理、自分の好みに誂《あつら》えつつある静かな部屋、セックスの巧《うま》い好みの容姿の男がここに揃っている。

しとしとと雨の降り続く肌寒い夜は、こうして部屋に籠もっているのもいいかと、篠口は黒澤の方へと向き直ると、その肩を抱きしめた。

レイディ

土曜の午後、まだ日のある時間に、黒澤一誠《くろさわかずなり》はマンションの鍵を開けた。

一応、玄関でただいまと声をかけてみたが、返事はない。

たまに呼び出しがかかって土日も出ていくことがあるので、今日も出庁しているのだろうかと、黒澤はスーツの上着を片手にリビングに足を踏み入れる。

そして、ソファーの上に目的の相手を見つけ、足音を殺した。

新しく取りつけたレースのカーテン越し、傾きかけた陽射《ひざ》しが照らし出す明るいリビングで、情人が黒い美しい犬を抱くようにしてソファーで微睡《まどろ》んでいる。

捜査一課の特殊捜査班に所属する、篠口雪巳《しのぐちゆきみ》だ。

本来、無防備にどこででも寝るような男ではないが、最近はこうして昼間にうとうとと眠っていることがある。決まって、黒澤のテリトリー内でのことだが、本人は知ってのことか、それとも知らずにいるのか。

あるいは黒澤が知らないだけで、以前も休みの日には自分のマンションでこうして昼寝を決め込んでいたのか。

それならいいのだが…、と黒澤はわずかに口許をゆるめる。

横たわる篠口のかたわらで、黒澤の帰宅に気づいたらしく、黒い毛並みの犬がゆらゆらと長い尻尾を振っている。

動物保護のボランティア団体から引き取った、ブリーダーの繁殖遺棄犬だ。救出時、断尾されていなかった尾は、毛がもつれあってフェルト状だったと聞いたが、今は篠口が毎日丹念にブラシをかけているので、艶やかでやわらかな毛並みとなっている。

黒澤は犬に向かって、唇の前に指を立て、しー…っ、と口の形だけで音を出すことなく合図する。

利口な犬はそれを十分に理解して、篠口を起こさないようにそうっとかたわらから抜け出し、黒澤の足許に尾を振りながら静かに寄ってくる。

黒澤はドアを示し、指先をちょいちょいと軽く振って、自分と一緒にリビングの外に出るようにと犬を促す。

「よーし、お利口さんだ、レイディ」

十分に黒澤の意図を理解して、静かにドアの外へと滑り出た犬を、黒澤は声をひそめて褒めてやり、膝《ひざ》をついてその頭を撫《な》でてやる。

「雪巳さんは、お休み中だな。きっと、お前と一緒だと安心するんだよ」

精神的なものだろうが、袴田《はかまだ》の別荘から救出されて以来、篠口はずいぶん疲れやすくなったようだ。

事件によっては現場への突入もある、男性的でハードな職場だ。弱った自分をさらけ出さないようにと、気を張るせいだろうか。

本人の矜持《きょうじ》もあるのだろう。疲れたなどと安易に口には出さないが、レイディを傍《かたわ》らにじっと何もせずに座り込んでいることがある。

今はそういう時間が必要なのだろう。

ただゆっくりと、自らの傷を癒やしてやるための時間だ。

「いい子だね、お前が側《そば》にいてくれてよかったよ」

以前、レイディと僕とは似たもの同士なのかもしれませんね、と篠口が自嘲《じちょう》気味に笑っていたことがあるが、黒澤は篠口とこの犬とが一緒にいるのを悪いことだとは思っていない。

むしろ、今の篠口には、不用意な言葉で傷つけることもなく、興味本位な詮索をすることもなく、ただ静かに側に寄り添ってくれるレイディのような存在は、とても大事なものだった。

打算のない、無垢《むく》でやさしい気質のこの犬は、今では篠口にとってなくてはならないパートナーだった。

基本的に篠口は、恋人や大事なものには、甘やかすような愛情をひたすらに注ぎたい気質なのだと、黒澤は以前から思っている。

かつて失った同僚の浅香《あさか》や、その浅香の影を見ていた遠藤《えんどう》にしても、ただただ甘やかしたいという態度が見てとれた。

何くれと甘やかしながらも、その明るく前向きな思考に、逆に篠口自身が救われているように見えるところがあった。

そういった意味では、黒澤は篠口の好みからはかなり外れている。時に篠口は黒澤に対し、手に負えない、理解しがたいという顔を見せることもある。

篠口のやることになるべくよけいな口は挟まずにおこうと思ってはいるが、困ったことに黒澤自身、基本的に篠口の困惑したような顔が嫌いではない。むしろ、生々しい反応が見たくてつつきすぎてしまうことがあるので、今は極力気をつけている。

　黒澤は一度玄関に戻り、シューズラックの上の小箱から犬用のクッキーを取り出し、レイディに与えてやる。

「さて、眠ってる雪巳さんの顔を拝見しても、ようございますかね？　お姫様」

　身をかがめてレイディの前に膝をついた黒澤は、声をひそめて尋ねる。

「あいつは寝ていると、本当にお上品な別嬪《べっぴん》さんだからな。寝てる時には険のある顔をしないだろ？　静かで王子様仕様の、上品な顔だ。ゆっくり見ていたい」

　内緒な、と黒澤は犬のやわらかな耳の後ろを撫《な》でながら微笑む。

「もっとも、怒ってもあれはあれで可愛《かわい》いもんだから、いつもかまいすぎて嫌がられる」

　まずいよなぁ、と黒澤は青みがかった黒い瞳を持つ犬相手に惚気《のろけ》てみせる。

　やさしげで優等生的に整った顔立ちの篠口が眉を寄せる顔見たさに、何かとからかってしまうことに関しては少々歪《ゆが》んでいる自覚はあるが、もともと男なんてほとんどがそういう小学生に毛の生えたような生き物だと思う。

「お前と一緒で、本当に利口で可愛いんだから仕方がないよなぁ」

　お前は本当にどの角度から見ても美人だな、と黒澤は篠口とどこか雰囲気の似たイングリッシュコッカースパニエルを撫でながら、ささやく。

「…そうだ、レイディ。寝顔もいいんだが、そろそろあいつに返してやりたいものがあるんだ。お使いを頼めるか？」

黒澤は一度、自室に戻るとクローゼット内の引き出しから手のひらに載るほどの四角い箱と大判のハンカチを取ってくる。

そして、ゆるく床を掃くように静かに尻尾を振る黒い犬の前にひざまずき、その首にハンカチで箱を包んで結びつけた。

最後に首が絞まりすぎていないか、中の箱が落ちないかを、美しい毛並みを巻き込まないように指を差し入れて確認する。

「お嬢さん、お届け物だ、戻っていい」

黒澤がリビングへのドアを開き、ソファーで眠る篠口の方を指差すと、レイディはトトト…、と軽い足音を立てて篠口の胸許へと戻ってゆく。

ゆらゆらと尻尾を振りながら、篠口の腕の中にそっともぐりこもうとする犬に、篠口は目を覚ましかけたのか、やさしい声で呼びかける。

「…どうしたの、レイディ？　どこかに行ってた？　僕が寝ちゃったから、退屈だった？　ごめんね、待たせちゃったね」

ただひたすらに甘やかそうとする、まるで夢でも見るようにやわらかな篠口の声のトーンは黒澤も気に入っているのだが、これがめったに黒澤には向けられることがない。

基本的に黒澤をそういう対象には思えないらしいので、まぁ、それもやむを得ないかと、黒澤はリビングの端で腕を組んだまま、しばらく篠口のソフトな声を聞いている。

犬が甘えた細い鼻声と共に篠口の腕に頭をこすりつけるのを撫でようとして、篠口はレイディの首に巻きつけられたハンカチに気づいたようだった。

「これは…？　何？」

中の箱に気づいて男物のハンカチを解き、その箱を不思議そうに取り出した篠口は、夕暮れがかった陽射しに白い箱をかざし見る。

ソファーの上に身を起こした篠口は、箱を開けて中の化粧ケースを開いた。

「これ…、レイディ…」

箱の中に収まったサンドベージュの仔牛革《カーフ》のベルトを持つアンティークの時計に、篠口は部屋の中を少し探すような素振りを見せ、リビングの入り口に立つ黒澤を見つけた。

「…あ…」

時計を手に小さく声を上げた篠口は、黒澤の方へ向き直ると微笑んだ。この男が、ここまで素直に笑ってみせるのは珍しい。

「…これ」

黒澤は頷《うなず》く。

「気に入っていたんだろう？」

ええ、と篠口も頷く。

時計は、篠口が拉致時に袴田泰西《たいせい》に奪われていたものだ。

篠口の囚われていた三浦《みうら》半島の別荘ではなく、都内の袴田のマンションに置かれていた。

コレクター気質なのか、書斎の机の上にディスプレイされていたというので、篠口を別荘に置いたままマンションに戻っていた時、あるいは職場である大学にいた際に戦利品として眺めていたのかもしれない。

考えただけで、ゾッとするような話だ。

袴田の周囲で行方不明になった青年の数は、篠口以外に六名。うち、錘《おもり》をつけられた三名の遺体が別荘の離れの下に位置する入り江から引き上げられた。袴田は完全黙秘を貫いており、残りの三名の行方については不明なままだ。

ただ、篠口同様に被害者らの時計が二点ほど見つかっており、すでに遺族に確認済みだった。

事件から一年弱、袴田の弁護士は精神鑑定の再依頼を出しているが、非常に計画的で被害者の数が多いこと、また、これまでのメディアでの理性的で抑制の利いた言動などを考えると、袴田に責任能力がなかったと弁護するのは、単なる時間稼ぎと考えられて悪手だろう。

どちらにせよ、犠牲者数を考えると袴田は二度と表に出てくることはない。出てくる必要もない。

袴田のマンションから篠口の時計を取り返すのは簡単だったが、篠口の精神状態を考えて、黒澤は時計をメンテナンスに出したあと、しばらく手許に置いておいた。

解放されたばかりの篠口の精神状態はあまりに悪く、たびたびフラッシュバックに悩まされていたため、これで袴田を思い起こしてしまうのなら、黒澤が預かっておくと言ってあったものだ。

篠口はソファーの上に座り直すと、穏やかな表情でトントンと自分の横を叩《たた》いてみせた。横に座るよう、促されたらしい。

黒澤が隣に腰を下ろすと、篠口は時計を示してみせた。

「この時計は、祖父の形見なんです」

以前、病院で篠口がそう言って辛《つら》そうな顔を見せた。

あの時、もう取られた時計は捨ててしまってほしいと言ったことを、篠口は覚えているだろうか。

それほどに、篠口は弱っていた。

「ああ、だから年代物なんだよな。いい時計だ、ベルトの色もよく合ってる」

祖父の持ち物だったことを考えると元は黒い革ベルトだったのだろうが、篠口の髪や瞳の色を考えると、少し重い。このサンドベージュのカーフのベルトの方が似合う。

「はい」

篠口は珍しく素直に微笑んだ。

黒澤は篠口の手にしていた時計を取り上げると、その腕にはめてやる。

篠口は穏やかな表情で腕の時計をしばらく眺めると、指先でそっと時計を押さえた。

「小傷があったのが、きれいになってます」

「ああ」

「黒澤さんが？」

「…悪かったか？」

「いえ…、あなたにきれいにしてもらえて、逆にほっとしました」

篠口は満足そうに時計を撫でると、かたわらでじっと静かに尻尾を振りながら待っている犬を見る。

「レイディ、上手にお使いができたね。嬉《うれ》しいよ、ありがとう」

手を差し伸べ、やわらかく頭を撫でる篠口に、レイディはかすかに甘えた鼻声を上げる。

「上手だね、いい子だね」

やさしく褒める篠口は、まるで自分の手柄のように嬉しそうだ。

「お前さ、娘とかいたら、絶対に甘やかして甘やかして、猫可愛がりするタイプだよな」

黒澤は脚を組みながら、呆《あき》れ顔でそんな男を見る。

「娘ですか？」

篠口は膝の上にレイディを抱き上げながら、微笑んだ。

「お姫様は君だけで十分だよね、レイディ」

嬉しそうに黒い犬の鼻先にキスをする男に、黒澤は溜息《ためいき》混じりに苦笑する。

ここまで愛情を注ぐかというほどに、篠口はこの引き取った犬を溺愛《できあい》している。

むしろ、この利口でおとなしい犬に目一杯の愛情を注ぐことで、逆に今、篠口は自我を守り、精神的に大きく損なったものを癒そうとしているのかもしれない。

昼間は二人共出ているこの部屋に一匹で置いておくのは気がかりだからと、朝、他の犬と一緒になって遊べるタイプの施設に預け、帰宅時に引き取りにいく。

最初は慣れない環境でじっと動かなかったらしきレイディも、今は徐々に小さな犬や自分よりも大きな犬と一緒におっとりと遊びながら過ごしているらしい。

確かにその方が夜まで一匹で待ち続けるよりもいいだろうと、黒澤もたまに送迎を引き受けている。

レイディはレイディで、篠口のことを絶対的な庇護《ひご》者だと深く信じているらしく、家にいる時にはいつもそのかたわらに寄り添っている。

互いに必要性を感じて寄り添うことによって、精神的に支え合っているようだった。

それなら、それでいい。

「さて…」

犬の頭を抱きしめながら、篠口は悪戯《いたずら》っぽい目を向けてきた。

「僕の王様はどうされます？」

「王様？　騎士《ナイト》じゃなくてか？」

ナイト？…、と篠口はおどけた仕種《しぐさ》で小さく肩をすくめた。

「とんだ暴君ですよ、王様」

「生意気な口だよなぁ、この口は」

黒澤は篠口の顎をすくい上げ、軽く口づける。

からかうつもりのキスが、篠口の腕が首にまわされ、誘うように唇を舐《な》められて、深く丹念なものとなる。

唇を幾度か合わせ、舌先で口中を探り合っていると、とんとレイディが篠口の膝から床へと下りた。

途中までその姿を視線で追った篠口も、深くなるキスに息を乱しはじめる。

その髪や首筋を撫でながら口づけていると、篠口の指が黒澤のネクタイにかかる。

結び目を指に挟み、もう片方の指で器用にタイを抜いてゆく男に、黒澤はキスの合間にささやく。

「悪い指だな」

「他に、もっと悪いこともできますよ？」

ネクタイを抜き取った篠口は、色めいた目を見せた。

「ここでも、ベッドでも…」

「へぇ…」

黒澤はそんな篠口の顎《あご》下をくすぐった。

「ここも悪くないけど、あれこれするにはベッドだな」

「同感です」

篠口は黒澤の腕の時計を捉え、ベルトを外すと、さっき黒澤がはめた祖父の形見の時計を外すよう、促してくる。

黒澤が外して手渡してやると、篠口は二つの時計とネクタイを手に立ち上がり、篠口の寝室へと黒澤を誘った。

篠口は自室のアンティークな机の上に、黒澤のネクタイとその時計、そして黒澤が返してやった時計をそっと置く。

時刻は四時をまわったところだ。陽射しは傾いているが、日の入りまではまだ時間もある。

黒澤にしてはかなり早い帰宅だが、最近、平日も比較的早めに帰るようにしているし、休日は完全にオフな日も設けるようにしている。

今が篠口への時間のかけ時だし、職務上、何年かかけて立場を固めたために少し余裕もある。

スラックス姿でシャツの襟《えり》許をゆるめ、思わせぶりに篠口を眺めると、振り返った篠口は満足げに笑った。黒澤の見た目が好みだと以前言ってたが、今もそうなのだろう。

篠口は寄ってくると黒澤のシャツを剝《は》ぎ、ベルトに手をかけてスラックスも取り去ってしまう。

そして、自分も無造作に服を脱ぎ捨てた。

ベッドに腰を下ろしていた黒澤の肩をゆるく押し、仰向《あおむ》けにすると、篠口はベッドサイドのテーブルからジェルとゴムとを取り出す。

「今日はどうしたいです？」

篠口はジェルのボトルを片手に、一糸まとわぬ姿で黒澤の身体に乗り上げながら微笑む。

「さっき、言ってたろ？」

黒澤は篠口の腰を抱き寄せながら笑う。

「その悪い指が、どんなことができるのか見てみたいかな？」

「色々できますよ」

黒澤は篠口の頬《ほお》に手を添える。

「あと、このお上品な顔が、快感で泣き崩れるのも見たいかな」

「お気持ちはわかりますが…」

篠口は笑み混じりに首をかしげる。

「僕は泣き崩れるタイプじゃないと思いますよ」

「だなぁ、ちょっと違うよな」

感じた篠口の甘めの声がきれいに裏返り、上擦ったファルセットになるのが好きだ。

余裕のある時とは異なり、ギリギリまで追いつめないと聞けないが、興ざめするほどのわざとらしい喘《あえ》ぎとは異なり、本当に感極まった声を洩《も》らす様子は愛《いと》しくもある。

おそらく自分は、篠口の中で淫らさと上品な清潔感、プライドの高さが絶妙なバランスで揺れているところが、気に入っているのだろう。

貸せよ、と黒澤はジェルのボトルを取り上げようとする。

「あなたはこっちでも咥《くわ》えていてください」

篠口は黒澤の口許に、ゴムの袋を持ってくる。

「新しい趣向か？」

ふうん、と黒澤はおとなしく歯と唇の端で袋を咥えた。

「落としちゃダメですよ」

篠口は避妊具のパッケージを咥えた唇を指の背でひと撫でると、ジェルのボトルを手に取り、黒澤の喉許から胸許へとぬらぬらと塗り広げる。

少し白濁した粘性のあるジェルを黒澤の広い胸筋に広げると、濡れた筋肉が隆起する様子に、篠口はうっとりと見入るような顔を見せた。

指の腹から手のひら全体を使い、無防備な黒澤の喉許から胸筋を、筋肉の隆起を楽しむかのように撫でる。

悪いこともできるという指の思わせぶりな動きはさすがなもので、黒澤はかすかに眉を寄せ、息を弾ませた。

乳頭を引っかけ、指の腹で何度もヌルヌルと揉《も》むようにされると、喉奥から低い喘ぎが洩れる。

黒澤は笑いながら、篠口を目で咎《とが》めた。

「いつも好き放題触るでしょう？」

ゆっくりと上体を黒澤の上に伏せ、篠口は耳許でささやいてくる。

「この香り…」

黒澤の首筋から、たまにつけるグリーンシトラスの香りがすると篠口は言った。

「僕は好きですよ、黒澤さんによく合ってる…」

篠口は鼻を首筋に押しあてながら笑う。

そして、ぴったりと胸許から膝、足先まで密着させた身体を、ゆるく黒澤の上で揺らしはじめた。

温まったジェルが蕩《とろ》け、濡れた淫らな音を立てる。しなやかな指が黒澤との間に滑り込み、すでに上向きはじめた黒澤自身を握りしめる。

唇が合わさり、深いキスが施される。擦《こす》れあう身体の間で、指が黒澤のものを淫靡《いんび》に愛撫《あいぶ》する。

手のひらと指全体を使った愛撫は巧みで、時折、下腹に触れる昂《たかぶ》った篠口のものも指の間に絡め、篠口は黒澤の目を覗き込みながら、息を乱した。

「…これ」

黒澤は咥えさせられたコンドームの袋を舌先で唇の端へと押しやり、くぐもった声で取れよと命じる。

篠口は空いた手でパッケージを指に挟みとり、黒澤の唇や喉を撫でながら再び、深く口づけてくる。

「…どういう指の使い方してるんだよ」

黒澤はキスの合間になじった。

自分を弄《もてあそ》ぶ篠口の痛みすれすれの絶妙な力加減は、溶けたジェルのせいで逆に強烈な刺激になる。

身体のほとんどを密着させ、ぬめりと熱、卑猥《ひわい》な音とで煽《あお》る篠口は、舌先で黒澤の口蓋を舐めると薄く笑った。

「いい？」

欲望にかすれた、甘い声が尋ねてくる。

「怖いぐらいにな」

伸ばされた指が太腿《ふともも》の際どい内側から袋にかけてをやわらかく揉み込みながら、するりと奥へ滑り込もうとする寸前で、その意図を察した黒澤は篠口の手首を握りつかんだ。

「…とんでもないタマだな」

篠口の指からコンドームの袋を抜き取り、黒澤はその目を覗き込みながら笑う。

「気持ちのいいことは、好きでしょう？」

「それとこれとは、話が別だ」

強い力で手首を握った黒澤は、篠口の背から臀部《でんぶ》へと手を這《は》わせ、薄く笑う。

白い背の窪《くぼ》みに沿って指を下ろすと、背筋が震える。かすかに眉を寄せた篠口の視線が揺れた。

抱いた腰をゆるく撫でながら、背筋を何度も指先やその背でくすぐると、篠口が黒澤自身をつかんだまま、艶めいた吐息をこぼす。

黒澤は身を捩《よじ》り、右肩で篠口の身体を下から押し上げるようにして上体を起こした。

「悪いことばかりする指の持ち主には、そろそろおしおきだな」

黒澤は露悪的な言葉とは裏腹に、自分を握りしめていた篠口のジェルに濡れた手を取り、軽く音を立てて口づける。

「もっと悪いこともできるのに」

篠口は黒澤に指を握られながら、普段は見せないような艶《なま》めいた笑みを見せる。

この絶妙な返しと間《ま》、表情とが、気に入っている。

黒澤はジェルのボトルを顎で示し、差し出した手に中身を出せと促す。

おとなしく従った篠口の腰を抱え、背中から臀部にかけて、ゆっくりとそのジェルを塗りつける。

篠口は軽く黒澤の肩に手を添え、かすかに笑みの形に唇を開き、目を合わせながら黒澤に身体を任せている。

臀部から太腿の際どい裏側をぬめりと共に何度も撫でると、篠口の唇から艶めいた吐息が漏れる。

背中、腰回り、臀部の割れ目と手を這わせると、篠口は黒澤の目を覗き込んだまま、わずかに眉を寄せた。

「…っ…」

窄《すぼ》まった箇所に触れそうで触れないまま、何度も周囲を撫でていると篠口の表情が少し変わり、あからさまに形を変えたものを、同じように張りつめた黒澤自身に押しつけ、ゆらゆらと腰を揺らしはじめる。

そして、煽るように黒澤の唇を舐めた。

「…悪い子だな」

黒澤はそのキスに応えてやりながら、揺れる臀部を軽く音を立てて叩く。

パンッ、と小気味よい音に、篠口は眉を寄せた。

「んっ…」

浮き上がった臀部をさらにもう一度、音を立てて打つと、篠口はギュッと黒澤の首に抱きついてくる。

思わぬ勢いで唇を合わされ、舌先を貪られると、素直に言葉にできない篠口の餓《う》えが知れた。

焦らした臀部をこねるようにして力のある指先で割り広げ、すでにジェルにまみれた指先を窄まった箇所に忍び入れる。

「…ぁっ」

期待にか、尻を打たれたことに対する興奮なのか、ヒクついていた粘膜はヌルリと黒澤の指を呑《の》み込んだ。

「…ん…ん…」

篠口は眉を寄せたまま腰をゆらめかせ、さらに奥へと黒澤の指を深く呑み込んでゆく。

「…すごいことになってるな。喰《く》いついてくる」

奔放な面を持つ分、勘もいいのだろう。すでに男を呑み込むことを覚えた粘膜は、二本目の指を忍び入れても、さして抵抗もなく奥へとやわらかく咥え込む。

「…ぁ…、この間もしたばかりでしょう…？」

誘うように黒澤の目を覗き込みながらも、篠口はさらに腰を揺らし、そうっと感じる箇所へと黒澤の指先を当てる。

「ぁ…、あ…っ」

指の腹で内側を刺激されるのか、まるで直接に神経でも撫で上げられているような小さく短い悲鳴と共に、腰が浮き、抱いた背筋が手の中で細かく攣《つ》る。

「イイところに、自分で当ててるのか？」

いやらしいな、とささやくと、篠口はかすかに首を振ったが、腰は何度も細かく震えては黒澤の指を喰い締める。

「…誰のせいで…っ」

喉奥で押し殺した声で呻《うめ》き、篠口はさらに黒澤の首に縋《すが》った。

無防備に開いた胸許に口づけ、固く尖った乳頭を舌先で抉《くじ》ると、男は口惜しそうな悲鳴を洩らす。

そのくせ、完全に勃《た》ち上がったものはジェルまみれになって黒澤の下腹で擦れ、猥《みだ》りがましく先端から糸を引いている。

指の腹で内側のやわらかな箇所を何度も抉《えぐ》ってやると、黒澤の身体を跨《また》いだ篠口は、悲鳴と共に下肢をガクガクと震わせる。

引き締まった白い腹部が、哀れなほどに張りつめ、引き攣れて揺れている。

「はっ…、はっ…」

あまり立て続けに内側を抉られると感じすぎて辛いのか、篠口は何度も浅く息を吐き、今度は逆に腰を浮かせて逃れようとする。

その息の浅さに黒澤は無理に追いつめることはせず、ゆるりと負担のないように差し入れていた指を引き抜いた。

少しほっとしたように篠口は息をつき、黒澤の腕の中で身体を弛緩《しかん》させて体重を預けてくる。

ずるりと崩れた身体を抱えなおし、黒澤は体勢を入れ替えて篠口をベッドの上に仰向けに横たえた。

部屋の入り口で案ずるように、黒い犬が細い鼻声を二度ほど上げる。

しーっ…、と黒澤は唇の前に指を立て、犬に向かって笑いかけてやった。

「大丈夫だよ、レイディ。お前の騎士《ナイト》はいじめない」

レイディの名に、瞳を閉ざしていた篠口が薄く目を開ける。

「少し声は上げるかもしれないが、意地悪してるんじゃない。愛し合ってるんだ」

控えめに尻尾を揺らし、どこか困惑しているような様子の犬に、黒澤はスティとやさしく部屋の入り口近くに置かれた犬用ベッドを指差した。

篠口は大儀そうに首を動かし、それでも口許に笑みを浮かべて黒い犬を振り返った。

「レイディ、大丈夫だよ。そこにおいで。…目に余ったら、向こうにいるといいよ」

篠口の声をどう思ったのか、やがて犬はクッション型のベッドの上へと移動し、横たわると丸くなる。

「可愛いよなぁ、お前のお嬢さん」

「ええ、いい子です」

それだけは心底そう思っているように篠口は微笑み、黒澤の首へと両腕をまわしてきた。

「えらく可愛い真似《まね》をするな」

あまりに素直な態度に、黒澤は篠口の顔を手のひらで包み、その目を覗き込む。

「愛し合うんでしょう？」

篠口は微笑み、両膝を開いて黒澤の腰を受け入れる形を取る。

「日本語の『愛し合う』には、広義の解釈がありますから」

「本当に口の減らない男だな。生意気な口がたたけないようにしてやらないと」

やっぱりおしおきが必要だと、黒澤はいつのまにか放り出されていたゴムへと手を伸ばす。

篠口の指がそれを手伝いながら、自分のものと黒澤のものとをうっとりした表情で扱《しご》いた。知的な雰囲気とはアンバランスな、そんな淫らさが好きだ。

黒澤はゴムをつけたあとも、ジェルを先端から丹念に塗り広げながら扱く男に合わせ、しばらく篠口の内腿から下腹に押しつけるようにして篠口を煽る。

すでに白濁したジェルで、篠口の翳《かげ》りはぺったりと肌に貼りつき、粘っている。

握りしめた篠口の指に添えるようにして、再び刺激に口を開きはじめた箇所を、何度もかさを増した先端で突くと、篠口は息を乱した。

さっきまで指で掻《か》きまわしていた箇所からは、呼吸と共に赤く充血した粘膜がいくらか覗く。

夕暮れの陽射しに、ジェルにまみれ、期待にヒクつくアンバーローズの入り口と内側の赤い粘膜が露《あら》わになる。普段なら、絶対に篠口が見せない眺めだった。

「…っあ…っ」

指よりかさ高いものが沈むのには、まだかなりの抵抗がある。

入り口をゆるやかに何度も突いては押し込み、徐々に熱い粘膜を押し開いてゆく。

篠口が何度も浅く息を吐き、黒澤の侵入を許そうとしているのがわかる。

「そうだ、上手だな、いい子だ」

辛抱強く褒めてやると、ある一点からヌルリと内側へ大きく呑み込まれる。

「あうっ…！」

篠口は喉許を仰《の》け反《ぞ》らせ、黒澤の腕に縋った。

熱く押し包む肉の感触を愉《たの》しみながら、黒澤は捉えた篠口の腰を引き寄せ、さらに奥へと猛《たけ》ったものを押し入れる。

「あ…、あ…」

黒澤の腰を挟み込んだ白い内腿がぶるぶると震えていたが、やがて篠口は涙の絡んだ睫毛《まつげ》を上げ、黒澤を見上げた。

その唇がかすかに何かを紡《つむ》ぐ。

「そうだ、上手だ…」

自分の声が、欲情に濡れているのがわかる。

このプライドの高い男が懸命に自分を受け入れ、呑み込もうとしている。快感を共有するのとは別に、黒澤に譲ってまで、篠口が何かを得ようとしてくれているのが愛しい。

「…いい子だな」

少し腰を引いてやると、篠口の腰が追うように浮く。

「…ぁ…」

浮いた腰を捉え、熱い粘膜の中を、ゆるやかに引いては無理のない力で突いてやる動きを続ける。

やがて濡れた内部が蕩けるような動きを見せはじめると共に、内側のある箇所で篠口の身体中が震え、黒澤自身を強く喰い締める。

篠口が強く眉を寄せ、腕を伸ばしてくるのを抱きしめ、黒澤は無理のない力で何度もそこを突いてやる。

「…ぁ…、ぁ…」

かすかに洩れるファルセットが愛しい。

「黒…さわ…さ…」

黒澤の肩に縋り、篠口が細い声で名を呼んでくる。

「俺の名前…、知ってる…だろ…？」

自らも篠口が与える強烈な快感に息を弾ませ、黒澤は笑った。

「…知っ…てまっ…けど…」

喘ぐ篠口は奥歯を噛《か》みしめ、首を横に振る。

一度、お前、俺の名前を知ってるのかと尋ねた時、一誠などとは名前からして不誠実だとなじられたことがある。

誠実さに欠けるとでも言うのかと、黒澤は素直でない男を強く抱き寄せる。

「あっ…」

より一層、深い箇所まで沈み込んだせいか、篠口は甲《かん》高い声を上げた。

「んっ…、んっ…」

少し鼻にかかった、苦しげなくせにどこか甘く上擦った声と共に篠口は身を捩り、四肢を黒澤に絡みつかせる。

「あっ…、あっ…、あっ…」

それをいったん引き、何度も浅い箇所で腰を揺さぶると、篠口は泣き声を上げた。

いやだ、イク…、と上擦った切れ切れの声が、唇の隙間からいくつもこぼれる。

「呼べよ…」

「やっ…、やっ…」

強情な男は、黒澤に四肢を絡めながらも涙目で首を横に振る。

「…お前、イカせないぞ…」

わざとポイントをずらしてギリギリのところで腰を引き、何度も浅く突くと、篠口は焦れたように身悶《みもだ》え、涙混じりに腰を浮かせ、淫らに揺すった。

「あっ…、ちが…、そこじゃ…な…」

わかっている、わざと焦らしているのだと、黒澤は腰を引く。

「呼べよ、だから…」

篠口は喉許を反らす。

「くろさ…わ…さ…っ」

「一誠だよ、かずなり…」

濡れたあからさまな音が寝室の壁に響き、交合部はジェルが溢《あふ》れ、白く泡立って臀裂《でんれつ》まで滴《したた》り、シーツに染みを作っている。

「呼べよ…、なぁ…」

乱れた髪をかき上げ、なおも黒澤は攻める。

「こんなになって、まだ強情張るか？」

「あっ、あっ…」

焦らす黒澤に、篠口は浮いた腰をくねるように動かして身悶え、張りつめたものを自分で慰めようとする。

その強情さに髪を乱した黒澤は苦笑し、わかったとその腰を捉えてやる。

強情なのは自分もそうだし、この篠口の頑《かたく》なさに惹《ひ》かれているのも黒澤だ。

哀れな嬌態《きょうたい》を見たいわけではない。

「悪かったな」

名字だけでもずいぶん行為中に呼ばれるようになったし、甘く上擦るその呼び方も嫌いではない。

むしろ、呼ばれるたびに胸が甘く疼《うず》く。

だからこそ、名前を呼ばせたいのだろうが…。

「な…」

固く瞼《まぶた》を閉ざしてしまった篠口の頬やこめかみに口づけ、黒澤は髪を撫でると、男の望み通りにゆったりと腰を送り込む。

「あっ…、あっ…」

内側を擦り上げるように何度も熱く濡れた奥を突くと、篠口が短い悲鳴を上げる。

「ひっ…、あぁっ、あっ…」

上擦る声と痙攣《けいれん》しながら熱く締め上げる肉の感触を愉しみながら、黒澤は組み敷いた身体を蹂躙《じゅうりん》する。

「あっ…、あっ…」

黒澤の背に縋った篠口が濡れた悲鳴を上げ、四肢を震わせたかと思うと、黒澤の下腹に白い精が爆《は》ぜる。

「…ぁ…、あ…」

大きく腹部を窪ませながら、切なそうに胸を上下させる男の下肢へと手を伸ばし、黒澤は射精を最後まで手伝ってやる。

汗で張りついた髪をかき上げた篠口は、息を整える途中でふっと視線を黒澤へと戻した。

「…ぁ…、まだ…？」

自分の中でまだ勢いを失っていない黒澤のものに気づいたらしい。

「まだ、だな」

黒澤はニッと笑うと、自分の腰に絡みついていた篠口の片脚を抱え上げ、いったん身体を引いて篠口の身体を横に向ける。

「あっ！」

身体ごと完全に横を向いた篠口の片脚を抱え、深い箇所へと腰を進める。

「そんな、すぐは…」

「じゃあ、じっとしてろ」

ささやき、耳朶《じだ》を咥えながら、背後から抱いた身体をさらに深く突く。

「あっ、…ーっ！　は…ぁ…っ」

押し入れたものを引くたび、もう取りつくろえなくなってきたのか、篠口が無防備に声を上げはじめる。

「やっ…、も…、あっ…、かずなりっ」

かぶりを振った男は、黒澤の腕に縋り、かすかな声で呼ぶ。

「かずなり…、かずなり…っ」

なんだ、呼べるんじゃないかと黒澤は愛しいその身体を深く抱きしめた。


「完全に日が暮れたな」

黒澤は身を起こし、ベッドサイドのライトを点《つ》ける。

少し眠っていたのだろう、夜も七時をまわっている。

「…もう、クタクタです」

身を起こすのも大儀そうに、篠口は呟いた。

「シーツ、洗ってくださいよ」

拗《す》ねたような声に、はいはい、と黒澤はいい加減な返事をする。

だが、ここまで汚れたシーツは確かに黒澤もどうかと思うので替えることに異議はない。

「腹減ったな」

「欲望に忠実な人だ」

こうして薄く笑っている篠口は、小生意気でずいぶん可愛い。最後の最後まで黒澤の名前を呼びたくないことはわかったが、それはそれでいい。

「黒澤さん、わがままを言っても？」

「怖いな、どんなわがままだよ」

へぇ、と黒澤は指を伸ばし、乱れた篠口の前髪をかき上げる。

あえて断ってくることも、そもそも普段はわがままらしいわがままも言わないので、口ほどに怖いとも思っていない。

むしろ、こうして何かねだられるのが楽しいぐらいだった。

「美味《おい》しいすき焼きが食べたいです」

「すき焼き？」

「ええ、なんとなく今の気分で」

「ケダモノ」

「まぁ、僕も雄《オス》ですから」

その大胆で人を喰ったような言いざまが気に入って、黒澤は声を上げて笑った。

「すき焼きね、悪くないな」

美味《うま》いところがいいな、とどこがいいかと頭を巡らせかけた黒澤に、篠口がたたみかけてくる。

「作ってくださいますか？」

「…え、俺が？」

ベッドの上に裸の身体を伸ばしていた黒澤は、声のトーンを落とし、篠口を見る。

「その顔…、あなた、意外に表情が多いな」

篠口は楽しげに肩を揺らして笑う。

「俺もお前が、そこまで生意気な口たたけるとは知らなかったな。ずっとあのまま、公安に置いといてやればよかった」

「やっぱり、暴君だ」

「暴君があんな寛大な処置してるかよ」

はぁー…、と黒澤は枕を抱え、顔を埋め直す。

「すき焼きって、そんなに難しくないですよ」

「材料買って、割り下入れて煮ればいいか」

「僕は実は、割り下入れて煮るのはあまり…。砂糖と醤油《しょうゆ》とお酒で味付けした方が、高い肉も美味しく食べられると思うんですけど。贅沢《ぜいたく》な食べ方ですよね、霜降りのいい肉を砂糖と醤油、お酒を回しかけただけで食べるなんて」

「関西風？　俺がやると、絶対に味が濃くなりすぎるんだよ」

自分の作る料理は濃すぎて嫌なのだと、枕の上で黒澤はこぼした。

「僕も手伝いますし…」

言いかけ、篠口はつけ足した。

「黒澤さんが作ってくださるのなら、明日は僕が赤ワインの煮込みを作ります」

黒澤は枕に埋めていた顔を上げ、横目に篠口を見る。

一度食べたことのある篠口の作った煮込み料理は、味に深みがあって絶品だった。

「…エサで俺を釣ろうっていうのか？」

「ええ、今日から仕込んでおけば、きっと美味しく仕上がると思うので」

それに…、と篠口はつけ足した。

「僕、黒澤さんが料理しているのを見るのは、好きみたいです」

「うまくかつぐよな。なぁ、レイディ？」

黒澤は、篠口の寝室の入り口に置かれたベッドに鷹揚《おうよう》に横たわっている犬に声をかける。

はたしてさっきの行為を二人が愛し合っているのだと考えたのかは知らないが、黒澤の声にレイディはゆらゆらと尻尾を揺らして応えた。

「すき焼き用の肉な…、どこで買うかな？」

駅前の高級スーパーでも、この時間なら案外安く手に入るのだろうかと黒澤は思案する。

「そうだ」

篠口はふと思いついたように声を上げた。

「レイディには神戸牛《こうべぎゅう》をいただけますか？」

はぁ?…、と黒澤は眉を寄せた。

「お前、神戸牛っていくらするか知ってるのかよ」

もちろん、と篠口は前髪をかき上げながら微笑む。

「とんでもない額ですよね。五千円じゃステーキ肉も買えない」

恐ろしいことを言い出す男だ。

「あんな霜降り肉、かえって身体に悪いぞ。いや、美容か」

「ええ、ですから僕がレイディにはアンガスビーフを軽く炙《あぶ》ってやることにします」

「それでも、アンガスビーフかよ。本当にお前はレイディに関することには、金に糸目つけないよな」

「糸目はつけてますよ、さすがに僕も神戸牛はどうかと思いますから」

黒澤さんをからかってみただけです、と篠口は魅力的な目を見せる。

奔放で気ままな様子も悪くないなと、そんな悪戯っぽい目を見せていてもどこか行儀のいい男に、黒澤も苦笑する。

「とりあえず、シャワー浴びて、肉買いに行くか」

やれやれ、と黒澤は床に落としていた下着を拾い上げ、身につける。

「なぁ、俺の名前の『一誠』の誠《まこと》っていう字」

「はい」

何を言い出すのかと、篠口は怪訝《けげん》な顔を見せる。

「偽り飾らない情っていう意味だぞ。知ってるか？」

ああ、と篠口は頷いた。

「だからいつも、好き勝手するんですよね」

どうしても減らない口だと、黒澤は肩をすくめた。

シャワー後、駅前のスーパーに出向き、篠口の希望するすき焼き肉を手に入れた。

どうせならと量り売りの黒毛和牛を購入したのは、篠口を甘やかしたいせいだ。

煮込み用の牛の頬肉を部位で指定して買ったのは、篠口だ。今晩一晩かけて赤ワインに漬け込んでから、明日、煮込むのだという。

休日の夕飯というにはやや遅い時間だが、明日も休みなので、むしろ、明日もご馳走《ちそう》が待つと思えば気分がいい。

「なぁ、美味い肉もいいんだけど…」

なかなかいい値段の買い物に、買い物袋を下げた黒澤は首をひねる。

「魚なら海に無料《ただ》でいるんじゃないか？」

街灯に照らされた閑静な住宅地を抜けて歩きながら、篠口は首をかしげた。

「海でただ…はいいんですけど、この辺でそう魚が釣れるようにも思いませんけど」

「まぁ、陸《おか》釣りなら若洲《わかす》あたりだろうし、船に乗るなら神奈川《かながわ》か千葉《ちば》の方だろうな」

「船に乗ることを考えると、普通にスーパーで買った方が安いかもしれませんよ？　道具も揃《そろ》えれば、そこそこはしますし」

最初は借りてもいいんだが…、と黒澤は篠口を眺める。

「お前、魚釣ったことある？」

「いえ…、いや、祖父の魚釣りに昔、一、二度？　まったく釣れませんでしたけど…」

川釣りだったと、篠口は記憶を探るような顔を見せる。

「川釣りの方が難しいからな」

「そうなんですか？」

「ああ、ゲーム要素が強いっていうか。釣りなんて、半分以上ゲームだろ？」

「…黒澤さん、好きそうですね」

「嫌いじゃないっていうか、まぁな…。子供の頃は遊びでやってたかな？　最初は皆、そういうもんだろ？　実家から、釣り道具一式持ってこようか？」

「僕、そもそも魚は捌《さば》いたことがなくて」

篠口は真顔で黒澤を見上げてくる。

「いつも切り身か、頼んで処理してもらうんですけど」

「ああ」

そうだろうな、と黒澤は頷く。

あまり魚をかっさばくような男には見えない。

「黒澤さんは捌いたりするんですか？」

「魚なら普通に締めたり、下ろしたりはする。釣ってきたのをそのまま渡しても、母親にいい顔されないからな。魚を締めたり、捌いたりするのは男の仕事だって、昔、じいさんや父親には言われて、兄貴と一緒にひと通りは教わったし」

「黒澤さんにおじいさんがいるんですか…」

へぇ、と頷く篠口の感心のしどころがずれている。

「前にも言ったけど、俺は別に木の股から生まれたわけじゃないからな」

黒澤はマンションのエントランスを篠口と共にくぐりながら、一応、釘《くぎ》を刺しておく。

「僕は鯛《たい》が欲しいですね」

エレベーターのボタンを押しながら、篠口は横顔で言った。

「鯛？」

いきなり何を言い出すのかと、黒澤は訝《いぶか》しむ。

「ええ、どうせ釣るなら、鯛が欲しいです。丸々一匹使って、アクアパッツァとか作ってみたいですね。美味しそうだ」

「へぇ、いきなり鯛が欲しいと言い出すか…。お前、あれは海の王様だぞ。わかってるのかよ？」

色々面白い男で飽きないな、と黒澤は笑った。

あとがき

こんにちは、かわいです。下巻もお手に取っていただき、ありがとうございます。

とてもお久しぶりの商業誌になりますが、上下巻揃えて同時発売にしていただきました。大変長らくお待たせして申し訳ありません。

前巻で本当に甘さがないやら、救いがないやらご意見いただいたのですが、本当にね、あの構成でなかなか続きが出ないのは、私もいかがなものかと思います。その分、今回、自分的に色々盛ってみたのですが、楽しんでいただけるといいなぁ。

でも、今になって、もっともっともっと書き込めたんじゃないのかと少し悔やんでみたり。


こちらの『墨《すみ》と雪《ゆき》』ですが、リンクスさんで警察の寮を舞台に何本か書かせていただいているうちの、一番新しいシリーズになります。ちなみに主役の篠口《しのぐち》は、かつていた寮が我慢できずにさっさと出ちゃった人です。『天使《てんし》のささやき』『甘《あま》い水《みず》』『Ｚｗｅｉ《ツヴァイ》』と、少しずつ登場人物が交差しています。

最初はシリーズになると思っていなくて、頭も整理していなかったので、設定が時々違っています。これを書く前に、一度人間関係を整理してみようと思って表にしてみたら、一部ねじれ空間が生まれていて、遠い目になりました。これはあまり触れたくないので、そのまま蓋《ふた》をしておきます。ねじれに気づかれた方は、私と一緒に蓋をしておいていただけるとありがたいです。

　また、この『墨と雪』の篠口の救出された頃の遠藤《えんどう》らの寮を中心とした話を、先月一月末に発売された、『彩恋《あやこい》リンクスノベルスアンソロジー』の方に収録していただいております。ノベルズの三分の二ぐらいの量を書き下ろしておりますので、そちらも合わせてご覧になっていただけると嬉しいです。

　実は初刊で円陣《えんじん》先生からいただいた黒澤と篠口のキャララフは、いまだに大事に机の前に貼ってあります（もう何年貼ってるのよとセルフ突っ込み）。今回、とても物語性のある表紙の構図、独特のトーンの色味で描いていただけました。対になるカラー口絵、そして素敵なイラストをいただき、ありがとうございます。

　私、今の担当さんについていただいた時から、円陣先生の描かれるアサルトスーツが見てみたいんですっと、ずーっと言い続けていたらしいです。この間聞いて、自分でも引きました。怖いわ、すみません。でも本当に、何枚描いていただいてもいい！　いや、もうアサルトスーツは正義！　大好き！（……って、引くよね、やっぱり……。ごめんなさ

い）
　そして、色々発行にあたってご配慮いただいた担当さんも（お身体大事に！）、そして印刷に携わっていただいているご関係者様も、ありがとうございます。

　そして、ここ数年、私事で仕事のペースを落としてしまっていたのですが、今年からまた少しずつ再起動していきたいなと思っていますので、見かけられたら今度は何やっているんだとチェックしてみていただけると嬉しいです。

　ここ二年ほど、あまり外にも出られず、人に会うことも満足にできず、マスクで家族以外の笑顔を見る機会も少なくて、本当にとても辛い時期でしたね。人生に山や谷があるように、今年からはその分、明るい時代となることを願ってます。

　ここまでおつきあいいただき、どうもありがとうございました。

　最後にちょぴっとだけ、ごくごく短篇をご用意させていただきました。少しでもお楽しみいただけたら幸いです。

　本作について、ご感想などありましたら、ぜひお聞かせください。

かわい有《ゆ》美《み》子《こ》

ウィークエンド

秋の土曜の夕刻、ワイングラスを置き、テーブルセッティングを終えた篠口《しのぐち》の足許で、レイディが玄関の方を窺うように顔を振り向け、尻尾を振り出す。

「レイディ？　黒澤《くろさわ》さんかな？」

篠口の問いに顔を上げた犬は、それを肯定するように玄関へと向かってゆく。

篠口がレイディのあとをついてゆくと、案の定、玄関が外側から開いた。

玄関で待つ二人に、今日も朝から出庁していた黒澤は少し驚いた顔をする。

「どうした？」

篠口はにっこり笑うと、黒澤の腕を引いた。

「お誕生日、おめでとうございます」

「ああ…」

誕生日を祝われるのは意外だったのか、黒澤はやや面食らったような顔で靴を脱ぐ。

レイディがいるのでクラッカーは鳴らさない。大きな音で驚かせたくないからだ。

手を洗い、自室で上着を脱ぐ男に、篠口は声をかけた。

「黒澤さん、蠍《さそり》座なんですね」

黒澤は上着をハンガーに掛けながら、ニッと笑う。

「それっぽいだろ？」

「完璧主義？」

「そういう返しが来るとは思わなかったな」

ネクタイをほどきながら、黒澤はクローゼットの前で有名なヒット曲のサビ部分を歌っている。

篠口をからかうためなら、鼻歌も時々歌うようだ。それなりに巧《うま》いのがおかしいと、篠口はドアにもたれてそんな男の姿を見ながら笑った。

「今日はローストビーフを用意してみました」

「へぇ、贅沢だな」

シャツを替えた男は、まんざらでもない様子でダイニングへ足を運ぶ。

篠口は丁寧に盛りつけた皿を、すでにサラダを置いたテーブルへと運ぶ。

「スープはありませんが、代わりにワインを」

「それで十分だ」

バゲットとカットプレートを手に戻ると、黒澤がバゲットのカットを引き受ける。

スープを省いたのには、理由がある。

「あと、ケーキも焼いてみました」

「ケーキ？」

不思議そうに呟いたあと、黒澤は意外そうにつけ加える。

「…も焼けるのか？」

「初めてですね。いや、一度試作してみたから、二回目です」

「いつの間に試作を？　あと、その試作品は？」

「先々週？　一応、自分で食べてみて、残りは職場の竹中さんっていう女性に、試していただきました。気に入って残りも持って帰っていただけたので、悪くないかと思うんですが」

篠口は首をかしげる。

「それとも、ちゃんとしたお店のケーキの方がよかったですか？」

「いや、逆にどんなケーキか興味あるな。ケーキなんて、作るのも手間だろう？」

ありがとう、と珍しく黒澤は素直に礼を口にする。

「手間っていっても、素人なのでそんな凝ったものは作れません。ウィークエンドシトロンっていうパウンドケーキなんですけど」

「レモンを使ったやつか？」

名前を聞いただけでどんなケーキかわかったのか、黒澤は口許をゆるめる。

「ええ、ご存じですか？」

レモンのアイシングでコーティングされた、爽やかさのあるバターケーキだ。アイシングが若干手間だが、材料さえ揃えれば、比較的簡単に作れるケーキだった。

「ああ、昔、バイトしてたベーカリーカフェで扱ってた。けっこう男性受けするケーキで、看板商品のひとつだったんだ」

なるほど、と篠口は頷く。

「名前が粋だろ？　美味《うま》いし」

黒澤なら、巧みに男性客にも勧めていそうだ。

「名前の意味、ご存じなんですか？」

「『大切な相手と一緒に過ごす週末』に食べるためのケーキ」

篠口自身も、その名前に惹かれて選んだのだと微笑む。

「ええ、ちょうど週末なのでいいかと思って。よければ、食後に」

「俺の好物だ」

サンキューな、と黒澤は片腕で篠口を抱き寄せ、頬《ほお》に小さくキスをしてきた。

初出

墨と雪２ 下	２０２１年 リンクス1月号掲載
暁	書き下ろし
雨の降る夜は…	書き下ろし
レイディ	書き下ろし
ウィークエンド	書き下ろし

天使のささやき 2

てんしのささやき 2

かわい有美子

イラスト：蓮川 愛

定価：941円（本体855 円+税 10%）

警視庁警護課でＳＰとして勤務する名田は、同じくＳＰの峯神とめでたく恋人同士となる。二人きりの旅行やデートに誘われ、くすぐったくも嬉しくも思う名田。

しかし、以前からかかわっている事件は未だ解決が見えず、また名田はＳＰとしての仕事に自分が向いているのかどうか悩んでもいた。

そんな中、名田が確保した議員秘書の矢崎が不審な自殺を遂げる。ますますきな臭くなる中、名田たちは引き続き行われる国際会議に厳戒態勢で臨むが……？

リンクスロマンス大好評発売中

甘い水 2

あまいみず 2

かわい有美子

イラスト：北上れん

定価：941円（本体855 円+税 10%）

ＳＩＴ――警視庁特殊班捜査係に所属する遠藤は、一期下である神宮寺に告白され、同僚以上恋人未満の関係を続けていた。

母を亡くした際の後悔から、自分が自ら生きることも死ぬことも選べなくなった時には、生命維持装置を止めて欲しいと考えていた。そしてその役目を神宮寺に託したいと、次第に思うようになる。

そんな中、鄙びた旅館で人質立てこもり事件が起こり、遠藤たちは現場へ急行するが……？

この本を読んでの
ご意見・ご感想を
お寄せ下さい。

〒151-0051
東京都渋谷区千駄ヶ谷4-9-7
(株)幻冬舎コミックス　リンクス編集部
「かわい有美子《ゆみこ》先生」係／「円陣《えんじん》闇丸《やみまる》先生」係

リンクス ロマンス

墨と雪2 下

2022年2月28日　第1刷発行

著者……………かわい有美子《ゆみこ》
発行人…………石原正康
発行元…………株式会社　幻冬舎コミックス
〒151-0051　東京都渋谷区千駄ヶ谷4-9-7
TEL 03-5411-6431（編集）
発売元…………株式会社　幻冬舎
〒151-0051　東京都渋谷区千駄ヶ谷4-9-7
TEL 03-5411-6222（営業）
振替00120-8-767643
印刷・製本所…株式会社　光邦
検印廃止

ISBN978-4-344-85000-2 C0293
Printed in Japan

幻冬舎コミックスホームページ　https://www.gentosha-comics.net